メディアワークス文庫

犬を拾った、はずだった。

わけありな二人の初恋事情

縞白

目　次

プロローグ

休日、という言葉が霧の彼方《かなた》の概念と化して、どれくらいの月日が流れただろう。三年におよぶ隣国との戦争が、自国の勝利で終わって数ヵ月が経《た》つ。だというのに、王城魔術師の下っ端、魔術塔十七室に所属するマリス・ラークは、いまだ戦場のごとき忙しさの最中にあった。

「おい、ラーク！　第二師団からの修理要請があったやつ、もう終わってるか⁉」

「終わってますし、もう戻してます！」

上司である魔術塔十七室の室長ブライス・エルダーレンの野太い声に、マリスは振り向きながら即答した。

マリスは長い金髪を動きやすいよう三つ編みにしてまとめ、濃紺の制服の上に臙脂《えんじ》色のローブを羽織った小柄な娘だ。薄く細い眉や目じりがやや下がりぎみの大きな緑の瞳、やわらかな曲線を描く頬にぽってりとした唇も、まだ少女の面影を残して愛らしい。

けれど、十五歳で養成機関を出て、二十二歳になるまで王城魔術師として働いてきたその中身は、それなりに強い。

マリスは鮮やかな緑の目を、「言われた仕事はすでに完了済みです」と主張するように、いつも不機嫌そうな顔をしている上司へまっすぐに向けた。

だが、相手はマリスが十五歳だった頃から彼女に様々な仕事を与え、鍛えてきた上司。今さらその程度で何を思うはずもなく、先より倍以上の声量で言葉が返ってきた。

「じゃあなんで第一師団からの修理要請がほったらかしになってんだ！　他に何があろうと第一師団からの要請は最優先だぞ！　仕事なめてんのかテメェは！」

「はぁ？　第一師団からの要請はいつだって最優先でやってますよ！　私の仕事ならちゃんと私の所まで回してください！　どこで止まってるんですかそれ！」

「そんなもん俺が知るか！　さっさと探し出して片付けろボケが！」

上司の罵声は理不尽だ。

(物品管理は私の仕事じゃないし！　早くしろって言うんなら、この探す無駄をどうにかするのが上司の仕事じゃないの⁉)

と、心の中だけで文句を言いながら、マリスは修理要請があったという魔道具を探しにかかる。要請依頼書とともに山積みになっている、大量の壊れた魔道具。その中に作業用のグローブをした手を突っ込み、雪崩を起こさないよう慎重に、しかし手早くタグを確認していく。

この無駄としか思えない時間について改善してもらいたいのだが、あまりにも忙しすぎて、誰もそこまで手が回らない。

だから、文句を言うヒマがあるなら自分で探した方が早く終わる、というのは、とうの昔に学習済みだ。

「なんだこの壊れ方……？　あー……？　ああ、変な使い方されたせいで、回路がねじれてやがるのか……。ったく、使い方が分かんねぇもんを無理に使うなっつーの」

山積みの未修理魔道具を無言でかき分けるマリスの横で、同僚がブツブツ文句を言いながら手を動かしている。

彼もマリスも、魔道具の修理は本来の仕事ではない。

けれど、あまりにも修理の仕事をしすぎて、最近は壊れ方からその理由を推測できるレベルの専門家になりつつある。

王城魔術師が所属する魔術塔は、魔獣討伐や戦争に出る第一隊から第三隊までが花形部署とされるが、元は魔術研究のための国家機関だ。

このため魔術塔十七室に所属する魔術師達も多種多様な役目を与えられているのだ

が、そのどれもが地味で、手間と時間がかかるのに成果は出にくいものばかり。

マリスに与えられた本来の役目も、地脈調査と気象災害対策という、あまり注目されないものだった。

そうしてその必要性について理解を得るのが難しい十七室は、他部署から「お前らヒマだろ。これやっといてくれ」と問答無用で押し付けられた、壊れた魔道具の修理が主な仕事になってしまっている。

戦争や戦後処理で使用され、無惨に使い潰された魔道具の山はいっこうにその高さを減らすことなく、むしろ日々高度を増しつつあった。


マリスが住む国は、ラウム王国という。

大陸の最西端にある、小さくはないが大きくもない、中規模の国だ。

北は断崖絶壁の向こうに荒々しい海があるばかりだが、西に穏やかな海と港があり、交易でほどほどに富を得ている。

先の戦争は、その港を狙った東隣の国からの侵略に端を発するものだった。

大河レナウを挟んだ東の隣国、エルシオル王国。

ラウム王国と同じくらいの大きさの国だが、難しい位置にある国だ。

北は人を拒む断崖絶壁、その向こうは荒々しい海。東には魔獣の棲《す》み処《か》である深い森と、険しい山脈。南には好戦的な軍事国家であっても絶対不可侵を守る神聖王国。

北も東も南も、国土を広げるには難しい。

となれば、どうあっても西隣にあって港を持つラウム王国へ目が向く。

そのせいで昔から港を狙った侵略行為が絶えず、国同士の仲は最悪だ。

過去には和平条約を結んで大河レナウに橋をかけようとした時代もあったらしいが、その会議へ向かったラウム王国の大使が暗殺されそうになり、重傷を負って帰国。和平への望みは絶たれ、橋をかける話も消えた。

そして今代。

エルシオル王国からラウム王国へ、突如として巨大な橋がかけられたのが、三年と数ヵ月前。

秘密裏に造られた大型魔道装置によって、一夜にして築かれた橋から襲いかかる大軍勢。その不意打ちで国境の砦《とりで》が奪われ、戦争が始まった。

昔から警戒はしていたが、後手に回ったラウム王国。

エルシオル王国の猛攻に抗《あらが》いきれず、東の領土をじわじわと奪われていく。

しかし戦争が始まって一年を過ぎた頃、敵将を次々と討ち取って頭角を現したのが、第一師団の団長ゼレク・ウィンザーコートだ。

ウィンザーコート師団長は、国の最精鋭たる第一師団を率いて領土を奪い返し、ついには大河レナウにかけられた橋までも奪い取ると、逆に隣国へと攻め入った。

唐突な侵略戦争で国土を荒らされ、親しい人の命を奪われたラウム王国の貴族や民衆が、橋の奪取だけではおさまらず、その背を押したのだ。

奪われたものを奪い返せ、積年の恨みを今こそ思い知らせる時だ、と。

一方、既に一年の侵略戦争で物資が尽きかけていたエルシオル王国の王族は、この反撃に耐えられず、疲弊した民衆からさらに食料や税を取ろうとして、ついに民に見捨てられる。

辺境の地から次々と、第一師団を率いてきたウィンザーコート師団長に降伏。道中、自国の王をはやく討ってくれと頼まれることまであったという。

そんな中、最後まで国に殉じると覚悟した者たちで構成された、軍勢とも呼べぬ小勢力を最小限の犠牲で制圧し、侵略戦争の引き金を引いた国王と王太子を捕縛。

ウィンザーコート師団長は王都を陥落させ、エルシオル王国との長きにわたる侵略戦争を終結に導いた、救国の英雄となった。

そうして彼の卓越した武勇により、ラウム王国はひとまずの平穏を取り戻した。

だが、平和と言うにはいまだ遠い。

能吏と名高い宰相、カイウス・セレストルが王の名代として敗戦国となったエルシオル王国に赴き、とどめを刺さない程度に、だが容赦なく財貨を搾り取って戦後処理の費用に充ててはいる。確かにそれで多少マシになったところもある。けれど、金さえあれば何もかもが片付くかといえば、答えは否だ。

ウィンザーコート師団長が反撃に出るまでの一年で、エルシオル王国の軍勢はラウム王国の東の地を荒らしまわった。

その影響で、国全体が不安定になっている。

そんな中で国の治安を守る軍には、魔道具が必要だ。

このため若年の下っ端魔術師であるマリスは、どんどん使い潰されてゆく魔道具を、ただひたすらに修理し続ける日々である。

英雄ウィンザーコート師団長率いる第一師団からの要請を、最優先に。

（ああもう、どこなの第一師団から送られてきたっていう壊れた魔道具は！　最優先でやれって言うんなら、最初から別の場所に置いておいてくれればいいのに！　まあそんな別の場所なんて空間、この部屋には無いんだけど！）

魔術師としての才能を見いだされて魔術の修練を積むことになったマリスは、親兄弟の顔も知らない、天涯孤独の孤児院育ちである。

基本的に魔術師というのは貴族出身の子息たちの職なので、彼らに交じるのは難しい。だから普段のマリスは猫をかぶり、控えめでおとなしくして、丁寧な言葉遣いをするよう気をつけている、が。

今のように殺気立った空気で急ぎの仕事をしていれば、魔術の腕前とともに長年の修練で磨かれた猫だって、さすがに耐えきれず剝がれ落ちるというものだ。

「あった、これだ！　室長、第一師団からの修理要請あったやつ見つけたんで、これ片付けたら私、一時帰宅します！　絶対に！　帰りますんで！」

剝がれ落ちた猫の下から出てきてしまった素のマリスが、鋭い目つきで言い放つ。

当然、即座に上司の怒声が返ってきた。

「ハァッ!?　テメェふざけんなよ！」

「何と言われようが帰ります！」

マリスは孤児院育ちの、根性だけはある平民である。

男性の怒鳴り声に怯《おび》えて委縮する、箱入りの貴族令嬢とは根本から違うのだ。

マリスは大声で主張する。

「前に報告したはずですけど、今、家に拾ったばかりの犬がいるんですよ！　それもひどいケガした犬が！　あの可愛《かわい》いわんこが餓死したりケガ悪化して死んだりしたら、本気で呪いますからね！」

いったいどれだけその犬のことが大事なのか。

いつになく真剣に怒鳴り返してくる部下に、気迫負けした室長ブライスは言葉に詰まった。

それを勝利とみなしたマリスは、さっさと背を向けて自分の作業場に戻る。

小柄な女性であるはずなのに、その背中からは物騒な雰囲気が漂っており、坊ちゃん育ちの同僚たちは心なしか遠巻きにしている。

「おい、ラークのやつ、犬なんて拾ってたのか？」

同じく遠巻きにマリスの背を見ていたブライスが、同じ部署の中で一番彼女と親しい魔術師に声をかける。

報告したと言われても、忙しすぎてそんな些細《ささい》なことは覚えていない。

「はぁ、そうらしいですが」

マリスと同じ養成機関で教育を受けた同期の魔術師、ウィル・コールジットは、曖昧に応じた。

何とも言えない顔で、ぼそぼそと言葉を続ける。

「でも、なんか変なんですよ。ラークの犬の話」

「変？　何が変なんだ？」

ブライスに問われ、ウィルは困惑した様子で話す。

「毛並みの色が黒いから、クロと呼んでるらしいんですけど。たまにそれを、髪の毛の色が、って言ったり。あと、久しぶりに自分以外の服を買いに行った、とか言うんですよ、あいつ。首輪とかじゃなくて、服を買ったらしいんです、犬のために」

ブライスは顔をしかめた。

それぞれに独特な個性を持つ魔術師が珍妙な行動をするのは、よくあることだ。

年齢を重ねて経験を積んだブライスには、そういった事例に遭遇したり、話に聞いたりしたことが多々ある。

例えば、ある魔術師の場合。

彼は突然、ショーウィンドウに飾られたビスクドールを見て、「あの子は私の娘だ。こんなところにいたのか」と言い出し、そのビスクドールを買った。独身男性で、恋人がいたこともなく、結婚したこともないのに、その後の彼は愛情深い父親の顔で娘の話をするようになった。

上司は彼が精神干渉系の魔術にかけられておらず、問題のない状態であることを確かめてから、質問する。

「その娘というのは、ビスクドールだと聞いたが？」

「はい、そうです」

彼はなぜそんな当たり前のことを聞くのだろう、という不思議そうな顔で頷《うなず》き、ビスクドールの娘の話を平然と続けたという。その後も退職するまで、ずっと変わらず。

そして娘の話をするだけで仕事に支障がなかったので、上司も同僚も彼の行動を黙って見守った。こちらもまた、退職するまでずっと変わらず。

とまあ、こんな話がゴロゴロ転がっている業界である。奇怪な行動をする魔術師の前例が多すぎて、仕事に支障がなければ放置されるのが普通なのだ。少し会話がかみ合わない、犬に服を買う、という話だけでは、部下の私生活に踏み込むのは難しい。

しばらくは様子見。ただ、現時点での情報収集だけはしておこうと決めて、ブライスはウィルの意見を求めた。

「ラークが拾ったのは、本当に犬だと思うか？」

「あいつは犬だって言ってます。たまに変なことを言う時も、自覚は無さそうです。なので、壊れた魔道具から影響を受けていないかどうかの定期チェックだと言って、精神干渉系の魔術にかかってないかどうか、本人の同意をもらって確認しました。結果は『異常なし』です」

二人は無言でマリスの背中を見た。

年若い小柄な女性だが、孤児院出身ながら王城魔術師となった腕前は確かなものだ。それを見込んだ上司が割り当てた、第一師団から要請された魔道具の修理は、早くも最終段階に入っている。

彼女は直したそれを慎重に動作確認し、問題なく修理が完了したことを認めると、その旨を書類に書き込んで、第一師団専用の最優先返送ボックスにおさめた。

振り向いたマリスとブライスの目が合う。

普段はおとなしい猫をかぶっているその緑の目が、今は完全に据わっている。

「完了しました。それでは私は一時帰宅します」

「お、おう」

応じる声が思わずどもった上司に気付いた様子もなく、マリスは「何が起きようが帰る！」と宣言するような決然とした歩調で部屋を出ていく。

そして扉がバタン！　と勢いよく閉められると、近くの壁にかけられていた漆黒の狼《おおかみ》の絵が揺れて、傾いた。

この国に伝わる、王族は神獣『黒狼』の末裔《まつえい》である、という伝説を題材にした絵だ。

有名な話で、国中のあらゆるところに飾られている物の中の一つである。

王族には黒髪が多く生まれ、それは黒狼の血筋であることを示す、王の証《あかし》であると国民に広く知れ渡っている。

神獣が大地を駆けまわっていた時代はすでに遠く、さすがに今、王が黒狼の末裔だと無邪気に信じる民は多くはない。しかしそれでも、無意識のうちにその畏怖は先祖代々伝わっており、神獣の血を信じない民でさえ、王家の黒狼を題材にした絵や置物を粗末に扱うことはない。

近くにいた部下の一人が、傾いた額縁にそっと手を伸ばし、丁寧に元通りの位置へ戻しているのを見るともなしに眺め、ブライスはため息をついた。

「まあ、あいつの犬が何であろうが、仕事さえしてくれりゃあどうでもいい。なんせ仕事は山積みだ。さあ、さっさと残りを片付けて、今日こそ帰れるやつはちゃんと帰って寝るぞ」

はい、と頷いて、ウィルも自分の作業に戻る。

幸か不幸か、彼らはこの時、まだ知らなかった。

近い将来、『マリス・ラークの拾った犬』の正体を知って、立ったまま気絶するはめになることを。

一章　マリス・ラークの日常

マリスが外に出ると、空にはすでに月と星が輝いていた。

職場である王城の片隅の古い塔を背に、早歩きで石畳の道を進み、城壁で夜番に立つ衛兵に身分証を見せて外へ出る。

王城を囲う城壁には上空からの侵入を防ぐ防御結界が張られているため、特別な許可がないと通り抜けることができない。

でも、一歩外へ出れば大丈夫だ。

マリスは人目を避けて暗い小道に入ると、すぐさま鳥の姿に変身した。冬の夜空へ舞い上がり、冷たい空気を切り裂くように全速力で飛んでゆく。

そうして家へ向かってまっすぐに飛びながら、数日前のことを思い出していた。

静かな雨の降る夜だった。

王城からの仕事帰り、ただ無心で動かしていた疲れた足が、ふと止まる。

冷たい雨がはたり、ほとりと傘に当たる音をすり抜けて、かすかな何かを聞いた気がした。

「……誰か、いますか？」

表通りの奥、レンガ屋根に石造りの家々が建ち並ぶ住宅街。

その中の、暗闇に沈む細い道に向かって問いかける。

答えはなかったが、暗闇に目が慣れてくると、驚きに息をのんだ。

街灯の明かりがとどかないその暗闇に、大きなものがうずくまっている。

「犬……？」

故郷の田舎で、野良犬は何度か見たことがある。

けれど暗闇の中でうずくまるそれは、どうにも大きすぎた。

今は夜遅く、人気のないこの道も、朝になれば大勢の人が行き交う。

大きすぎる犬を魔獣と間違えて騒ぎになれば、王都の警邏《けいら》兵に殺されてしまうかもしれない。

頭をよぎった未来図に、とてもこのまま放ってはおけず、そうっと傍《そば》に近づいた。

とたんにぱちりと目が開き、その金まじりの琥珀《こはく》に警戒の色が浮かぶ。

低いうなり声と、鋭い牙を見せる威嚇。

「何もしないよ。大丈夫」

本当に大きな犬だ。

襲いかかってきたら、普通の人では大ケガを負うだろう。

けれどそんなことよりも、うずくまったまま、すぐ逃げられないほど疲れ果て、痩せこけてぐったりとした様子が気がかりで、その体調が心配でたまらなくなった。

犬から少し離れた場所にしゃがんで、相手が落ち着くのを待つ。

仕事帰りで疲れてはいるけれど、一人暮らしだから帰宅時間が遅くなったところで気にする人など誰もいない。

そうしてしばらくすると雨がやみ、雲間から月が姿を現した。

傘を閉じ、月明かりに照らされた、傷だらけの大きな犬を見つめる。

薄汚れた黒い毛並みの奥には幾筋も、刃物によって刻まれた傷があった。

苦くて辛《つら》いものがこみあげてきて、喉の奥がぐっと詰まる。

けれどそれを飲み込んで、なだめるように微笑《ほほえ》んでみせた。

「大丈夫。怖くないよ」

ただ声をかけることしかできない、自分の無力さが悔しくて悲しい。

それでも、どうしても、放っておけない。

だから傷だらけでひとりぼっちの、痩せこけた犬へ。

せいいっぱいの笑顔とともに、そうっと手を伸ばす。

「おいで。あたたかいところへ、一緒に帰ろう」


冷たい夜空から舞い降りて、マリスは玄関の前で人の姿へ戻る。

呼吸を整えてからカギを開け、様子をうかがいながら部屋に入った。

「ただいま、クロちゃん。遅くなってごめんね」

王都では乗り合い馬車が朝早くから夜遅くまで、多く行きかっている。料金はやや高いが、都を網羅する巡行路を各駅に停《と》まりながら飛び続ける、大型飛行便もある。

けれど、マリスのように急ぎの用件がある魔術師は、たまにこっそりとこの魔術を使用して移動する。こっそりと、なのは、あまり大っぴらに使って誰かに見咎《みとが》められ、法規制されては困るからだ。

まあ、これまで法規制の必要性が議論されたことが無いほど、先天的な適合性を必要とするこの特殊な魔術を会得している者は多くないのだが。

「クロちゃん、ご飯は食べた？」

そうして全速力で帰宅したマリスは、そっと声をかけながら、玄関扉を閉めて薄暗い部屋をそろそろと進む。

王城は古く堅牢《けんろう》な石造りだが、王都は同じく古い石造りの建物と、歴史の浅い木造の家屋が入り乱れて立ち並ぶ。

その中でもずっと片隅の方にある、閑静な住宅街の中。

木造集合住宅の一室を借りて、マリスは一人で暮らしている。

ちょっと狭い部屋だが、キッチンやバスルームはついているので、暮らしてゆくのには十分だ。

あまり物を買わないマリスは、寝台や衣装棚、窓辺の小さなテーブルとイスの他には、キッチンに置いた食材を保管するための保冷箱くらいしか置いていない。

そのせいか、狭い部屋はがらんとして、みょうに広く見える。

ただ隅に置かれた小さな金属カゴの中、ぼうっと赤く光る魔道具の暖炉石が、絶え間なく熱を発してその空間を冬の寒さから守っていた。

「今日は、少しは動けたかな？　まだ体動かすの、つらい？」

薄暗い部屋に目が慣れてくると、暖炉石の赤い光とカーテンの隙間から淡く射《さ》し込む月光が光源となって、うっすらと様子が見えるようになってくる。おかげで朝に用意しておいた食事の皿が空になっていることが分かり、マリスは少し緊張が解けた。

「良かった。ご飯、食べられたんだね」

声をかけながら近づいてゆくと、部屋の中で一番大きな家具である寝台の上で、もぞもぞと毛布のかたまりが動いた。

柔らかな毛布を三重にして巣のような状態になっているその中から、硬質な黒の毛並みがちらりとのぞいた。

「あ、クロちゃん。ごめんね、起こしちゃったかな？」

無意識に優しい笑顔になって、マリスは小さな明かりを灯《とも》す魔道具を作動させた。

最低限の光源で済ませようと思っていたが、起きているなら大丈夫だろう。

明かりのおかげではるかに見やすくなった薄暗い部屋を、けれどやはりゆっくりと寝台に向かって歩いていく。

狭い部屋だから数歩もあれば辿《たど》り着《つ》いてしまうのだが、それでも彼を怯えさせないように、マリスは細心の注意を払う。

それは初めて会った時、彼が見せた警戒心剥《む》き出《だ》しな手負いの獣そのものの姿が、深く記憶に刻み込まれているからだ。

手負いの獣の凶暴さを恐れたのではない。

普通の人よりも強力な反撃手段を持つ魔術師とはいえ、マリスは脆弱《ぜいじゃく》な人の子でしかないから、大きな犬に威嚇されて確かに脅威を感じはしたが。

それ以上に、彼が威嚇したのは自分が性急に距離を詰めて怯えさせたからだ、と気付いて反省したのだ。

動物はケガが悪化して動けなくなったら、食べ物を得ることができず餓死するかもしれないし、その前に他の獣に襲われて食い殺されるかもしれない。

だから、ケガをした獣が警戒心を剝き出しにしてマリスを威嚇してくるのは、当然のことだ。

本当にこの犬を助けたいなら、マリスは自分がどうしたいかよりも、彼がどうしたいかを読み取る必要がある。

自らそれを要求できない彼の、わずかな意思表示を見逃さないよう、注意深く様子を見守らなければならない。

「ん？　あ、今日はおやつも食べてくれたんだ。すごい、よく食べられるようになったねぇ。良かった。じゃあ、また明日もおやつ用意しておくね」

部屋の様子から日中の彼の行動を推測し、穏やかな口調で優しく語りかける声が、夜の住宅街の静寂にとけこむように響く。

それが聞こえたのか、寝台の上の大きな影がもぞもぞと動くと、次の瞬間、何が起きたのか分からないくらいの速さでマリスは毛布の巣の中に引き込まれた。

暖かい毛布の中で、腕を巻き付けるようにマリスの背に回し、強い力でギュウギュウと抱きしめてくる『犬』。

数日前から始まった、この帰宅時の儀式めいたものに慣れない彼女は、我慢しきれず「うっ」とうめく。

全身を絡めとるように抱き込まれ、うまく息ができない。

それでも、彼を怯えさせないよう、ほんのわずかたりとも拒絶する動作はせず、マリスは全身でそれを受け入れて、自分からもやわらかく抱きしめた。

そして、どうにか細い呼吸を繰り返して空気を確保しながら、相手が拘束されていると感じない程度の力加減で抱き返し、なだめるように背中を撫《な》でてやる。

「……ただいま、クロちゃん。ごめんね、ひとりにして。寂しかったね」

答えが返ってくることは無いけれど、マリスは話しかけることをやめない。

それはきっと、彼女がこの犬を拾ったのが、彼女自身の寂しさのせいだったから。

たぶん、その言葉で癒《いや》されるのが、マリス自身だから。

クロと離れている時、『独り』なのはマリスも同じなのだ。

同僚に囲まれ、ひっきりなしに人の出入りが繰り返される魔術塔の拠点の一室で仕事をしているが、孤児院出身で女性の魔術師などマリスしかいない。

たまたま配属先が同じになったウィルと話すこともあるが、仲間意識はあまり無い。それは誰もがマリスを、いずれどこかの魔術師家系の貴族に嫁入りするはずで、今はその相手先の選定期間中であると認識しているからだ。

意識的にせよ、無意識にせよ。

けれどそうやって、いずれどこかの家に囲い込まれるだろう未来を、マリスはさほど悲観してはいなかった。

孤児院育ちのマリスは、親兄弟の顔も名前も知らないが、血のつながらない兄弟は両手両足の指でも足りないほど大勢いた。

温暖な気候の農耕地を擁する領地の孤児院だったので、その経営はさほど苦しいものではなく、慈悲深い領主の庇護《ひご》のもとで優しい院長に育てられたマリスは、人と関わること、自分より幼く弱いものを世話することが好きになった。

誰かが自分を必要としてくれることが嬉《うれ》しい。

人のぬくもりに触れると、自分は今確かにここにいるのだと感じられて、ほっとする。

だから、いつか囲い込まれたその先で、たとえ形ばかりの結婚だとしても、必要とされるならそれでいいのだ。

むしろそんなことよりも、魔術師としての才能を見出《みいだ》され、あたたかい孤児院から一人連れ出されて養成機関に放り込まれたことの方が、マリスにとってはよほど厳しい試練だった。

魔術師としてきちんと仕事ができるようになれば、お世話になった孤児院に仕送りができるようになるくらい稼げる、と言われて必死で修練を積み、一人前の魔術師になって念願の恩返しの仕送りもできるようになったが。

今の自分はひとりだ、という寂しさは、どうしようもなくマリスを苛《さいな》む。

しかも彼女には、そんな状況をさらに悪化させる頭の痛い問題があった。

できるだけ目立たないよう、猫をかぶっておとなしくしていたというのに、王城魔術師になって間もなく、なぜかとあるボンクラ御曹司に目を付けられたのだ。

血筋だけは良《い》いものの、性悪で魔術師の才能も低い。家名だけで仕方なしに魔術塔の花形部署、第三隊に配属されたが、異常に自信家の彼はそれを自分の実力だと思っている、そんな人物に。

何の因果か「そこのお前、オモチャにするのにちょうどよさそうだ」と真っ向から直接言われ、妻でも第二夫人でもなく、メイドとして自分に仕えろと命令された。

さすがに王城魔術師になったばかりでまだ年若いマリスを、壊されるだけと分かっていながらメイドとして差し出すことなどできない。と、止めてくれたのは上司のブライスだ。

口は悪いが悪人ではない彼は、自身に強い権力があるわけではなかったが、それなりに古い魔術師の血筋であるエルダーレン伯爵の弟。その立場を利用して裏から各所へ話を通し、マリスが強引に連れ去られないよう、上司として保護してくれた。

そして、正攻法でダメなら秘密裏に、と休日のマリスが狙われるようになると彼女に休日出勤を命じ、住まいも魔術塔の独身寮ではなく、ボンクラ御曹司の手が届かない外部の集合住宅を紹介し、引越しの手配までしてくれたのだ。

働けば働いただけ給金は増え、それは仕送り金額と貯蓄額が増えるということでもあったから、安全のためだけでなくマリスは喜んで休日出勤に応じたし、感謝した。

だからだんだんと保護のための休日出勤が、多忙のための果てしない連勤となっていっても否とは言えない、のだが。

休みが無ければ体も心も休まらず、ひたすらに疲れは溜《た》まる。

一連の騒動でケチのついたマリスを妻、あるいは第二夫人として求める家も見つからない。

一人でいる時間が長くなるばかりの状況は彼女をゆっくりと、だが確実に疲弊させていった。

そこに現れたのが、クロだ。

深夜、ケガをした黒い犬が道端でうずくまっているのに、たまたま帰宅途中のマリスが気づいたのは、きっと神の助けだったのだと思う。

今まで多くの人に助けられてきたから、次は自分が助ける番だとも思ったけれど、それ以上にクロを拾うことでマリスが助けられた。

それほどに、マリスの孤独は限界に近かったし、もう何年も休日の無い、果てしない連勤を続けている過労状態の彼女の心は人知れずすり減り、凍えていた。

「いい子だね、クロちゃん。いい子」

その凍えた心がとけてゆく音が聴こえるような、安堵《あんど》と歓喜の入り混じった声で繰り返し言いながら、マリスは優しく犬の背を撫でる。

彼女を絞め殺しそうな強さで抱きしめていた彼の腕からゆるやかに力が抜け、離れて食事の支度ができるようになるまで、ずっと。

マリスは穏やかな微笑みを浮かべて、可愛い『犬』を撫でていた。

＊＊＊＊

カーテンの隙間から射し込む朝日の眩《まぶ》しさに、『クロ』は煩わしげに目を覚ました。

しばらくぼんやりした後、自分が狭い部屋の小さな寝台の上にいることを思い出す。

柔らかな毛布で作られた巣のようなそこで、マリスの寝間着に顔を突っ込んだ状態で寝ていたらしい。

すん、と鼻を鳴らすと、マリス独特の少し硬さのある甘い匂いが感覚を満たしてくれることに喜びがあふれる。しかし同時に、寝間着の中身が空っぽであることに、静かな苛立《いらだ》ちを感じた。

夜、ずっと自分を腕の中に抱き込んで眠っていたマリスは、朝になるとどんなに嫌がっても出かけてしまう。

そのことに腹を立て、彼から離れようとする彼女の寝間着を摑《つか》んで離さずに握り続ける、という反抗をしはじめたのはここ数日のことだ。

マリスは困ったようだったが、半分寝ぼけているクロの駄々っ子のようなありさまを怒ったりはせず、するりと脱いだ服で彼の腕の中を埋めるという対処をするようになった。

おかげでクロの生活には、マリスの残り香がある寝間着に顔を突っ込んで二度寝する、という新たな習慣が加わった。

それはそれでなかなかに幸福な時間であったが、目が覚めると今日のように苛立ちがつのるようにもなっている。

クロが離れることを嫌がっても、マリスは毎日、出かけてしまう。

一緒にいる時はあんなにも大事にしてくれて、いい子、と言いながら撫でてくれて、何の見返りも求めずただひたすらに愛してくれるのに。

行かないで、という、たったそれだけの自分の望みを叶《かな》えてくれることだけは、絶対に無い。

自分が本当の獣、本物の犬であったなら、こんな苛立ちとは無縁でいられたのだろうか？

傷付き疲れ果て、何もかもが嫌になって行き倒れていたところをマリスに拾われ、なぜか彼女に犬として扱われているうちに、本気で自分は本当は犬だったのではないかという希望を持つようになったのだが。

マリスが玄関の横にかけている、身支度を整えるための鏡をおそるおそる覗《のぞ》き込んで、やはり人間であった己の姿に膝が砕けそうになるくらい絶望したことは、まだ記憶に新しい。

クロは苛立ちと憎しみさえ滲《にじ》ませて、鏡に映る男を睨《にら》んだ。

硬質な光沢のある癖毛の黒髪が鬣《たてがみ》のように縁どる精悍《せいかん》な顔立ちに、金まじりの琥珀色をした切れ長の目。すっと通った鼻筋に、薄い唇。

整った顔立ちに鍛え上げられた長身痩軀《そうく》は、美青年と言っていいはずの容姿だ。しかし、どこか粗野で、猛獣めいた雰囲気をまとう彼には、他者を冷ややかに拒絶する独特の威圧感があった。

鏡の中からこちらを睨みつけてくるその男の名は、ゼレク・ウィンザーコート。

望みもしないのに第一師団の師団長という地位を押し付けられ、敵を追って戦場を駆けまわっていたら『救国の英雄』などという大仰な称号を背負わされた、戦うことしかできない男だ。

しかし不思議なことに、マリスは最初からクロを犬としか認識しなかった。

クロは精神干渉系も幻術系の魔術も使えるが、拾われた時も今も、そういったものは何も使っていない。

しかも彼は犬を飼ったことも、身近に接したこともないから、犬らしい振る舞いなんてものは真似《まね》しようにも出来るはずがない。

それなのにはじめから変わらずマリスがクロのことを犬として扱ってくるのは、まったく不思議で奇妙なことだった。

おそらくクロの側ではなく、マリスに何らかの問題があるのだろうと思う。

けれど、それがなんだというのだろう。

もとから無精者だったせいで髪もひげも伸ばしっぱなしのボサボサ。

しばらくまともに食事がとれず痩せこけた体には幾つもケガを負い、近付いてくる者には手負いの獣のごとく威嚇する。

普通の人間なら絶対に見向きもせず素通りしていっただろう、そんな彼を、犬だと思い込んだマリスだけが拾って助けた。

手当てしようとした細い手を拒絶し、俺に近寄るなと脅すように威嚇した彼を怒りもせず、怖がりもせず。

ただじっとそばにいて、彼の荒い呼吸が落ち着くのを長いこと待ち、それから静かな声で「大丈夫。怖くないよ」と語りかけてきた。

彼女の三つ編みにされた長い金の髪は、この国の民にはさほど珍しいものでもないのに、月光に照らされて淡く浮かびあがるように見えたその姿はどこか浮世離れしていて。

　五月の森を思わせる鮮やかな緑の目は、どこまでも優しい静けさに満ちていた。

　そんな彼女に身をゆだねたのは、自暴自棄になっていたからなのか、もう抵抗する気力も体力も無かったからか。

　あるいは他の理由からだったのか。

　自分でもよく分からないし、深く考える気もない。

　そうしてマリスに拾われて、丁寧にケガの手当てをされ、あたたかい寝床と美味《おい》しい食事を与えられ。

　疲れきった体が望むまま眠りを貪っても、怒られるどころか「よく眠れたね、良かったねぇ」と嬉しげに微笑まれ。

　おずおずと伸ばした手は拒絶されることなく、「ん？　なぁに？」と甘やかすようなやわらかな声が返り。

　これが現実なのだと、にわかには信じられないほど平穏な生活の中、気付けば彼は、むしろ自ら望んで彼女の『クロ』になっていた。

　優しく髪をすいてくれる手に、もっと撫でてくれと自分から頭を押し付けるようになったのはいつからか。

そっと寝台に近付いてきて「ただいま」と声をかけてくれる彼女を、この腕に抱きしめたくてたまらなくなったのはいつからか。

我慢できず抱き込んだマリスが、ほんのすこしも嫌がる様子を見せず、それどころか抱きしめ返してくれたことに全身が痺《しび》れるほど安堵したのは、まだほんの数日前のことで、そのあまりの心地良さに以後毎日の習慣になってしまったことだけが確かだ。

マリスの手当てのおかげで傷は膿《う》むことなく癒え、疲れきった体が回復しつつあるのも感じていたが、もうどこにも行きたくなかった。

この部屋に、マリスの帰ってくるところに、ずっといたかった。

マリスは相変わらず彼のことを犬だと思っているが、それでもマリスの傍にいるのが心地良い。

そしてマリスも、クロの世話をすることに喜びを感じているように見える。

それなら、それで、いいじゃないか。

今の俺はマリスの犬、マリスの『クロ』。

それで、いい。

それが、いい。

すべての現実に背を向けて、クロは毛布の巣の中から身を起こす。

そして、現実に追いつかれないために必須である、執拗《しつよう》な追跡から身を隠すための百七十二の魔術が正常に作動していることを無意識のうちに確認。それが解けないよう幾つか上書きするように術を更新したり、パターンを変化させて攪乱《かくらん》効果を維持する作業を行うと、寝台からおりた。

出かける前にマリスが暖炉石を足しておいてくれたのであろう部屋は、いまだ春遠い冬のなかにあっても陽だまりのようにあたたかい。

おかげでクロは毛布から出てもさほど寒さを感じず、窓辺のテーブルの前に置かれたイスに座ると、マリスが用意しておいてくれた朝食をとる。

彼がのんびり二度寝していたせいで、彼女が起こそうとしてくれた時には出来立てだったパンケーキもスープも、とうに冷めている。

けれど、マリスの残り香のようにほのかな甘い香りがするそれは、今まで食べた何よりも美味しくて、彼女と出会うまでしばらく何も通らなかった喉を何の抵抗もなくするすると滑り落ちていくのが、彼にはどこか面白く感じられた。

＊＊＊＊

「あ、ラーク。お前、拾ったって言ってた犬、どうなった？」

食堂で昼食をとっていると、ウィルが声をかけてきた。

彼はほとんどの魔術師がそうであるように、貴族の家の出身である。

けれど、孤児院出身のマリスを見下すことなく普通に接してくれるし、自分の家でも犬を飼っていたこともあって、彼女が拾ったケガをした犬のことを純粋に心配してくれていた。

なので向かいの席に食事のトレーを置いて座ったウィルに、マリスはクロのケガが治ってきて、食事が普通に食べられるようになってきたことを話した。

明るい栗色《くりいろ》の髪を長くのばしたウィルは、一つに束ねたそれを食事の邪魔にならないよう背に流してフォークを取りながら、マリスの話に頷く。

魔術師は魔力を溜めておくためだったり、儀式や何らかの魔術の代償にするために髪をのばしている者が多かった。

「そうか、良かった。もしあまり具合が良くないなら、獣医を紹介する必要があるかと思ったんだ。普通の医者じゃあ犬は診てもらえないからな。だけど貴族お抱えの獣医は、数が少ないし診療代が、なぁ」

「うん、そうなんだよね。そもそも犬を診てくれる獣医がどこにいるかとか、調べたことも分からないし、治療代の相場も分からないし。使い魔の魔獣を診てくれる魔術師は知ってるんだけど、それ以外は診てくれないって聞いたし。どうすればいいか心配だったから、自力で回復してくれて本当に良かったよ」

本当に嬉しそうな顔で言うマリスに「ああ」と頷きながら、ウィルは注意深く様子を見る。

ウィルは以前聞いたマリスの犬の話の奇妙さに、室長と同じく彼女が拾ったのは本当に犬なのだろうかと疑問に思っていた。

だから話しかけてみたわけだが、やはりマリスはそれを犬だと思っているようだ。

今日はとくにおかしな言葉を使って彼を戸惑わせることもない。

彼女の言う通り、本当に犬を拾ったように聞こえる。

実家にいた頃は飼い犬を可愛がっていたウィルは、ならば犬飼育の初心者であるマリスにできるだけ助言してやろう、と決めて話を続けた。

「じゃあ、今度は散歩だな。犬は適度に運動させてやらないといけないんだ。うちで飼ってたのは血筋のいい猟犬だったから、父上が犬の世話係を雇って毎日散歩させてたけど、ラークは一人暮らしだったよな。仕事も忙しいし、散歩、できそうか？」

「それが、うちの子はあんまり動きたがらなくて。まだ寝てる時間も長いから、回復しきってないんだと思う。外に出たがったら連れて行くつもりではあるんだけど。あ、でも、散歩するのに必要な物とか、何も用意してない」

話しながら、初めて気づいた、という顔をしたマリスに、ウィルが呆《あき》れたように言った。

「まさかお前、首輪も買ってないんじゃないだろうな？」

う、と言葉に詰まる。

ケガの手当てと食事をとらせることで手一杯で、それ以上のことは何もできていなかった。

それに、マリスは犬を飼ったことなど一度も無いものだから、そもそも何をどうすればいいのか分からないのだ。

「おいおい、嘘《うそ》だろ？　真っ先に買わないといけない物なのに。あー……、まあ、でも、ケガして動けないんじゃあ、そっちの治療が優先になるのは当然か。あと、そうだな、首輪にも種類があるからな」

「種類？」

マリスが素直に教えてほしいと頼むと、ウィルは気前よく説明してくれた。

「さっきも言ったけど、うちで飼ってたのは遠い親戚の侯爵家から譲っていただいた血筋のいい猟犬なんだ。飼い犬というよりうちの財産の一つだから、首輪も特別にオーダーメイドしたものをつけてる」

ウィルの説明にうんうん、と頷く。

基本的に、犬というのは財産の一つ、貴族の歴史や財力を示すものである、という知識はマリスにもある。

ただ、世の中それほど厚遇されている犬ばかりでもなく、平民に番犬や牧羊犬として飼われている犬もいる。

ウィルもそういった犬が付けている首輪をすすめた。

「お前は王城魔術師としてそれなりに稼いでるし、ただの首輪よりは、迷子防止用のタグが付いてるようなのがいいんじゃないかと思う。それくらいなら普通に店に売ってるから、すぐに買えるはずだ。犬がいなくなってから慌てたんじゃ、間に合わないからな。早めに用意しておいた方が、自分も安心していられるぞ」

「うん、ありがとう。早めに用意する」

礼を言ったマリスは、ウィルから犬の飼育に必要な物を売っている店の名前と場所を聞いて、頭の中にしっかりとメモする。

ちょうどその時、食堂に入ってきた同僚が近くのテーブルにドカッと座って、大声で話し始めた。

「おい、聞いてくれ。宰相閣下が執務に戻られた。これでうちの来期の予算は安泰だ！」

おお、とあちこちのテーブルから喜びの声が広がる。

マリスが在籍している十七室は、『隊』ではなく『室』であることからも分かる通り、花形部署である第一隊から第三隊と違って扱いが小さい。

なので、どんな端役の部署であっても公平に予算を守ってくれる宰相が不在だと、予算を削られがちで、わりと切実に辛いのだ。

「戦後処理の激務で体調を崩されたとか聞いたけど、もう大丈夫なのか？」

「いや、まだ無理は禁物らしい。だけど戦後処理はだいたい目途がついたらしくて、そっちは補佐官たちの方に割り振ったんだと。だから閣下は予算編成の方に集中できるって話だ。まったくもって、ありがたいよ」

同僚たちが話を続けるのを横目に、ウィルが言う。

「予算編成に間に合うように、無理に戻られたんじゃないといいがな。第一師団の長があの英雄団長になってから、戦争は一気にうちの国の優勢になって終わったけど、それでも戦後処理はかなりの激務だったっていう話だ。今の文官の中に、宰相閣下ほどうまく国王陛下や貴族院を相手に立ち回れるような奴がいるとは思えんから、もっと後進が育つまでは無理せずほどほどにして、あの方が長く宰相位にいてくださるといいんだが」

「宰相閣下って、病弱なの？」

貴族でもないマリスにとっては、雲の上の話だ。

首を傾《かし》げると、ウィルが表情を曇らせて言う。

「それほど頻繁にってわけじゃないが、たまに体調を崩されて休まれるんだ。若い頃は健康な方だったらしいんだけどな。だいぶ前に大病を患われたとかで、一、二年、先王陛下の指示で離宮で静養なさっていたらしい。もうその時には臣籍降下されて、ただの文官だったらしいんだけど、先王陛下もさすがに心配されたんだろうなぁ」

「あー、そういえば、宰相閣下って国王陛下の弟君なんだっけ」

「ああ。子供の頃から仲が良くて、第二王子だった宰相閣下は貴族たちの権力争いで王位を巡って兄君と対立させられたりしないよう、早めに臣籍に下って文官の職に就いたって話だ。そのせいか宰相閣下が離宮で静養されていた間、当時は王太子だった陛下がだいぶ荒れたらしい。あの頃は大変だったって、父上がこぼすのを聞いたことがあるな」

昔聞いたことを思い出すようにうつむいて話していたウィルが、ふと顔を上げた。

「そういえば、しばらく前に今の王太子殿下も離宮で療養中だって話を聞いたけど、戻られたって話が無いな」

「そうなの？」

お前は何も知らんのか、という顔で見られたが、王族のことなんて雲の上の話だ。

しかも、とにかく仕事が忙しいので、マリスは噂話《うわさばなし》に疎い。

そもそも、貴族はだいたい家柄の派閥でまとまってそういう話をするから、どこにも属せない孤児院出身の彼女は、情報源がほとんど無い。

こうして皆が話しているのを、たまに耳にするくらいだ。

「そうなんだよ、王太子殿下は今、離宮で静養中だから王城にはいらっしゃらないんだ。お前も王城魔術師なんだから、それくらい知っとけ。宰相閣下みたいに大病を患った、っていうんじゃなく、どうも初陣のショックで寝込んだだけ、とかいう話だけど。でもその程度で陛下が殿下を離宮に移すとは思えんし、終戦からそこそこ時間も経ってるしなぁ。療養期間があんまり長引くと、何だかんだ第一王子殿下の資質が問題視されて、王太子交代の話が出るか……。まだ戦後で色々ごたついてるし、上で騒ぎが起きるのは勘弁してもらいたいんだけどな」

ため息まじりの言葉に、それは確かに、とマリスも同意して頷く。

ちょうどその時、少し離れたテーブルから話し声が響いた。

「しかし、宰相閣下もお疲れだろうに。もうそろそろ後進に譲って体を休めよう、という気はないんだな」

「そうだな。もう少し権限を分散させて仕事量を減らしてはどうか、とうちの主家筋の侯爵様が進言なされたそうなんだが、やんわり話をそらされてしまったとか」

「あの方は仕事を抱え込みすぎていらっしゃるというのに。進言をそのように無碍《むげ》にしては、頼る先が減るばかりだろう」

「宰相室は昔から親王派で固められているからな。有力な高位貴族を警戒するのも仕方がないかもしれんが、それで宰相閣下の身に何かあっては本末転倒。王族籍から外れたとはいえ、陛下の弟君でいらっしゃるのだから、もう少し御身を労《いたわ》ってもらいたいものだな」

しばし無言で聞いていたマリスは、彼らが間もなく席を立って食堂から出ていくのを見送ると、ウィルを見た。

穏やかな性格のこの同僚には珍しく、眉間にしわを寄せている。

「関わらない方がいい」

どうしたのかと首を傾げると、ウィルはぼそりと小声で言った。

「王家に権力が集中しているのが気に入らない貴族派閥があるんだ。あいつらはその末端。今のは親切面して宰相閣下の権力を削《そ》ごうって魂胆のどこぞの侯爵サマが、あっさりかわされたって話だ。迂闊《うかつ》に関わると政争に巻き込まれるから、聞こえなかったふりしとけ」

「私はただの魔術師だし、平民なのに？」

「政争で一番被害を被るのは何も知らない平民だぞ。その一人になりたくなければ、関わる相手はよく選べよ」

「じゃあ、ウィルは？」

「うちは中立派の末端。巻き込まれる危険性は低いけど、無いとはいえない。中立派は基本的に親王派に近いけど、勝ち馬に乗ろうとするから一部は貴族派にも近いんだよな……」

「一枚岩じゃないってこと？」

「一枚岩どころか、内情が一番バラバラなのが中立派だ。親王派か貴族派か、どっちかに一つずつ切り崩されたらあっという間に瓦解するだろうな。まあ、どっちの派閥にもそう簡単に切り崩されるほど脆《もろ》くはないはずだけど」

上のことは分からん、と肩をすくめて、ウィルはその話を打ち切った。

＊＊＊＊

「苦しかったらすぐ外すからね。大丈夫？　クロちゃん、首輪、嫌じゃない？」

ウィルの助言を受けて大急ぎで用意したそれをクロの首にはめながら、マリスは気遣わしげに何度も声をかける。

無駄吠《ぼ》えをしない賢いクロは、拾った日から一度も吠えたことはなく、首輪を付けられた今もとくに反応は無い。

クロの首はつるりとしてやわらかいので、マリスは購入した首輪の内側にふんわりとした質感の布を内張りする工夫をした。

けれど、首輪自体はなめし革と金属の金具でできている。

ケガがようやく治ったばかりのクロの肌が、また擦りむけたりして傷ついてはいけないと、彼女はとても心配だった。

しかし、クロの方はといえば、自分の首輪よりもマリスの首にかかった新しい金属製のタグが気になるらしい。

首輪とお揃《そろ》いの色の革紐《かわひも》で吊《つ》るされたそのタグは、クロの首輪に付いているタグと連動する魔術がかけられたものだ。魔力を込めて触れれば、タグを通じて音声が伝わるようになっている。

迷い犬対策用の魔道具だ。

この首輪があれば、もしもクロが外に出て迷子になったとしても、気付いた人がこのタグを通じてマリスに連絡をくれたら、すぐにでも迎えに行くことができる。

ボンクラ御曹司に目を付けられたせいで、まともな縁談を望めなくなった身だ。マリスはもう結婚は諦めて、この先ずっとクロを大事に飼っていく未来も良いかもしれない、と思いつつあった。

孤児院への仕送りは続けたいから、それほど贅沢《ぜいたく》はさせてあげられないけれど、あたたかい部屋と毎日の食事くらいはちゃんと与えてあげられる程度の財力はある。

だからこの首輪は、まだぼんやりとしたものではあったけれど、そんな決意の表れでもあった。

そうしてマリスは、嫌がらないどころか、おとなしく顎を上げて首を差し出すらしたクロに首輪をはめてやると、生真面目な顔でこれは迷子防止の機能も付いた首輪なのだと説明する。

一方のクロは、その話を聞いているのかいないのか、マリスの胸元で揺れるタグをじいっと見つめるばかりだ。

ケガが治るのを待って、長すぎる黒い毛並みを整えたことでようやく見えるようになった金まじりの琥珀色の目に、部屋の明かりを反射してぴかぴか光る銀色のタグが映る。

「これ、そんなに気になるの？」

チャリ、と音を立てて揺れるタグを手にしてクロの目の前に持っていってみると、彼はふんふんと匂いを嗅いで、鼻先でタグをくるりと裏返した。

そのタグは表に『クロ』、裏には『マリス・ラーク』と、それぞれの名前が彫り込まれている。

クロは裏側の『マリス・ラーク』の文字を見つけると、何を思ったかぺろりと舐《な》めて、顔をしかめた。

不味《まず》かったらしい。

「なにしてるの、クロちゃん。こんなの美味しくないよ。食べ物じゃないんだから」

クロの珍しくもおかしな行動に、思わずマリスがほがらかな笑い声をあげる。

「ああ、笑ってごめん。そうだよね、お腹《なか》空いてるんだよね。今、ご飯用意するから、ちょっと待っててね」

そして、クロが目を丸くしてマリスを見つめていたことにまるで気付かず、ぽかんとしたままの彼からさっさと離れてキッチンに立つ。

その後ろで、クロはかすかに震える指先で自分の首輪に付いたタグに触れながら、彼女の背中を見た。

金まじりの琥珀の目が、焦がれるように、ただ、マリスを見つめていた。

その日の深夜。

腕の中の大きな体が、ぐぅっと沈み込むように強張《こわば》った。

おぼろげに目を覚ましたマリスは、慣れた手つきで彼女の犬を撫でてやる。

「だいじょうぶ、クロちゃん。だいじょうぶだよ……。もう、だいじょうぶ」

寝ぼけた声でささやきながら、意識の無い犬の流す涙で寝間着の胸元が濡《ぬ》れてゆくのを感じる。

ケガをした時のことを夢に見ているのか、クロはたまに眠りながら泣くのだ。

精神干渉系の魔術で夢に入り込み、問題に対処する特殊な治療師も存在するけれど、マリスには本でしか知らないその治療はできない。

彼女にできることは、よしよしと撫でてやりながら、ひたすらに「だいじょうぶ」と声をかけ続けてあげることだけだった。

眠ったまま、意識の無いクロに対してその方法が有効であるのかどうかは、マリスには分からない。

けれど他にできることもなく、犬も泣くんだなぁと思いながら、今夜も彼女はただ祈っている。

――あなたに安らぎのなかで眠ることができる日が訪れますように。

強張った体から少しずつ力が抜け、呼吸がすうっと穏やかなものに戻るまで、マリスは祈りとともにささやき続けた。

「だいじょうぶだよ、クロちゃん」

何が大丈夫なのか、本当に大丈夫なのか、彼女にも分からないまま。

その自覚も無いままに。

＊＊＊＊

「お、お前……！　本当に、人間か……ッ!?」

腰を抜かした男が恐怖に染まった目で見上げて、悲鳴じみたかすれ声で言う。

完全に準備を整えてきた玄人ならば、襲撃を仕掛けてくる前、こちらのことは調べているだろうに、なぜ今さらそんな言葉を吐くのか。

不思議ではあったが、刺客の言動を追及するほど興味はなく、魔術で作り出した氷《ひょう》槍《そう》でその喉を貫いた。

人を揃え、道具を整え、時を選び。それでも失敗した刺客たちの最後の一人が、声をあげることも許されず絶命する。

ドサリと重たいものが落ちる音がして、静寂が戻った。

望んでもない地位に就かされ、迷惑でしかない称号を勝手に与えられたせいで命を狙われるようになって、どれくらいの時が経っただろう。

襲ってくるのは、この国の民のふりをした他国からの間者であることもあれば、味方のはずの軍の人間であることも、今日のようにあきらかに暗殺の玄人と思《おぼ》しき集団であることもあった。

しかし、相手が何であろうと、彼の対応に変わりはない。

乱戦の中、可能であれば何人かは意識を奪うだけで生かしておき、後は始末する。

終われば魔術で伝令を放ち、処理班を呼ぶ。

そして自分は、今日は襲撃を受けたのが真夜中の自室であったため、同じ建物内にある空き部屋に寝床を移し、そこでまた眠る。

襲ってきた者を始末することと同じように、彼にとっては眠ることもまた作業の一つだった。

食べることや、仕事をすることも同じように。

すべては作業であり、面倒なことからは適当に逃げながら、ただ淡々とこなしてゆくだけの日々だった。

「クロちゃん」

ふと、自分を呼ぶ声が聞こえた気がして、目を覚ます。

なぜかまぶたが腫れぼったくて開けにくいが、気配を探ればもうマリスはこの部屋にいないとすぐ分かり、落胆した。

やわらかな声で彼を「クロちゃん」と呼ぶ、彼女は今そばにいない。

今日も今日とて彼女を行かせまいと服の裾を摑んだような、あやふやな記憶があり、そのおかげかいつも通りクロはマリスの寝間着に顔を突っ込んで寝ていた自分に気付いた。

その服がなぜか湿っぽい気がしたが、マリスは寝台で水をこぼすようなことはしないだろう。

気のせいか、と内心首を傾げながらも起き上がり、日課と化してきた追跡から逃れるための魔術の更新をして、寝台を降りる。

今日もマリスが暖炉石で部屋をあたためてくれるから、裸足《はだし》でも肌寒さを感じることはない、はずだった。

それなのにどうしてか、寒い。

マリスがいないからだ、と過去の経験からクロは判断する。

自分の感覚器官はマリスがいないと誤作動を起こし、あたたかい部屋にいるのに「寒い」と感じることがあるのだ。

なぜそんな誤作動が起きるのか、その理由はクロには分からない。

目覚めてマリスがいないと察知した時、落胆したのがなぜなのか、自分のことなのに理解できないのと同じように。

今までは何もかもが作業でしかなく、行動に感情がともなうことなどなかったから、彼には何もかもが初めてのことだった。

無意識に首元に手を伸ばし、かすかな金属音を鳴らす銀色のタグに触れる。

マリスが革紐で首から下げた対のそれを舐めた時、密《ひそ》かに彼女の状態と位置を探る魔術を仕掛けたので、その気になればいつでもクロは彼女の元へ行くことができるようになった。

もちろん、クロがそれをしたことが知られないよう、隠蔽魔術も施してある。見知らぬ魔力で探知魔法が仕掛けられていることに気づいたら、マリスはあのタグを外してしまうかもしれないから、誰にもバレないよう厳重に、慎重に隠蔽した。

それを思い出すことで、自分をなだめる。

そこまで考えて、ふと、クロは顔をしかめた。

自分を、なだめる？

今までそんな必要があったことなど、記憶に無いというのに、これは何なのか。

それに、まぶたの腫れぼったさがなかなか治らず、頬が引きつれるような感覚もあり、これもまた理由が分からない。

不愉快な現象だ。

けれどそれはマリスが帰ってくれば、彼女があの優しい緑の目に自分を映してにっこり笑ってくれさえすれば、すべて忘れてしまう程度に些細なことだと、この一ヵ月ほどの生活ですでに学んでもいる。

クロは小さくため息をこぼすと、浴室で顔を洗った。

そしてマリスが用意しておいてくれた朝食をとると、また寝台へ戻ってマリスの残していった寝間着を腕の中に引き込んだ。

マリスの匂いがする。

そのことに、ホッとする。

すると体から力が抜け、意識がまどろみにたゆたい、記憶がその声を手繰り寄せた。

「クロちゃん」

夢うつつに、ここにはいないマリスの声を聞く。

そうしてまた眠りについたクロは、一度も見たことのないような穏やかな微笑みを浮かべ、幸福な記憶に意識をとかしたことを知らなかった。

これまで作業でしかなかった睡眠が、いつの間にかごく普通の眠りになっていることにも気付かぬまま。

普通というものを知らない彼は、まるで無自覚だった。

二章　救国の英雄

「いいからやれ！　見つかるまでやるんだ！」

「そ、そんな無茶な……っ、うぐっ」

「貴様、口答えする気かッ！」

その日は出勤するなり修羅場だった。

黒地に銀の差し色がある特徴的な軍服は第一師団のもの。それを纏《まと》った青年軍人が、血走った目をして片腕で同僚を締め上げながら、もう片方の手で魔道具を突き付けている。

「何も無茶なことは言っていないだろうが！　ただ見つかるまでこの魔道具に魔力を供給しろと言っているだけだ！」

なるほど、それでこの惨状か、とマリスは理解した。

彼らの足元に六人の同僚魔術師が倒れている理由はそれだろう。

口ぶりからして誰かを、あるいは何かを必死で探しているようだと分かるが、とんだとばっちりである。普段は静かな十七室に、ずいぶんと大変な厄介事が乱入したものだ。

確かに救国の英雄率いる第一師団の権力は絶大。彼らに「やれ」と言われたら、無茶でもなんでもやるしかない。そういう空気がある。

しかし、さすがにこれは異常で、許されることではない。魔術師に倒れるまで魔力を使わせるなど、普通では考えられないことだし、第一師団所属の軍人であろうと罪に問われるはずだ。それでも今、この場を支配しているのは、暴走するその男だった。

「ラ、ラーク」

だから締め上げられている同僚に見つかって名を呼ばれ、振り向いたその軍人の血走った目に捕捉された瞬間、マリス・ラークは腹をくくった。

マリスはこの職場で、立場的に最下位に当たる。

魔術の腕前では、今締め上げられている同僚の男よりも上であると自負している。そのことを、口に出しはしないものの認めているらしい上司からも、ちゃんと相応の扱いを受けている。けれど。

何の後ろ盾も無い自分が今できることは、命令に従うことだけだ。

外出か休憩か、不在の室長だけが今はただ一筋の希望。

ただの王城魔術師では止められなくても、魔術塔十七室をあずかる室長であれば、この暴走男を止められるはずだ。

誰かそれに気付いて、彼を呼んできてくれるといいのだが。

部屋に入る前に自分が気付いて呼びに走れば良かったが、周囲にあまり注意を払わず職場に来てしまってから状況を把握したというのは、自業自得以外の何ものでもないから文句は言えない。

しかも誰かが室長を呼んでくれたとしても、それまで自分がもつかどうかは五分五分といったところで、勝率は低いが今の自分にはそこに賭けるしかなかった。

だがマリスは、魔術の腕前だけでなく、孤児院からさらわれるように連れて来られた原因である先天的な魔力保有量の多さにも、それなりに自信を持っている。

とりあえず自分が魔道具への魔力供給を続けられているうちは、これ以上の犠牲者を出すのを防ぐこともできる。

王城魔術師としてそれなりの仕事をしてきたのだという矜持《きょうじ》にかけて、こんなところで負けるものかという気持ちがあった。

そんなことを考えていると、ふと、昨夜、泣く犬をこの腕に抱きしめて「だいじょうぶ」とささやいた記憶が脳裏をよぎった。

瞬間、なによりも強く、思う。

――そう、大丈夫。私はあの子を、独りぼっちになんてさせない。

心は一点に定まり、マリスはぐっと顎を引くように頷いて手を差し伸べた。

「承りました」

締め上げていた同僚を無造作に捨てた暴走男が大股で歩いてきて、差し出されたマリスの手に魔道具を置くと、その手のひらに突き刺すように上からぐっと押す。

「手を抜くな」

こいつはここにいる魔術師を全員殺す気ではないか、と思ってしまうほど鬼気迫る形相で言われるが、マリスは押し付けられた魔道具を握りこむと、視線をそらすことなく頷いた。

マリスは根性も度胸もある方だが、第一師団は武術と魔術の両方を修めた最精鋭のみが配属されるエリート集団、修羅場を踏んだ数も桁違いに多い。

そんなレベルが違い過ぎる部隊の一員である男に凄《すご》まれて、マリスとて内心では気《け》圧《お》されている。

けれど、絶対に生きて帰ると、心はすでに定まっているから。

あの子を一人で泣かせたりしない、と。

そうして突然巻き込まれた災難へ挑んだマリスの、地獄のような時間が始まった。

「クソッ！　おい、ラークはまだ生きてんのか!?」

会議が長引いた。

そんないつものことがこんな事態を引き起こすなど、いったい誰が予想できるのか。

「私が見た時はまだ生きてましたけど、正直今は分かりません！」

「正直すぎんだよテメェは！　こういう時はもっと希望のあることを言えやちくしょうめ！　ああクソッ、第一師団の横暴は今に始まったこっちゃねぇが、さすがに今回のは軍法会議もんだぞ！」

恥も外聞もなくドタドタと廊下を走るブライスは、物理的にも魔術的にも完全封鎖された会議が長引いた理由を思い出しながら、息切れとともに激しい頭痛を覚えた。

会議が長引いたのも、廊下を全力疾走するはめになっているのも、同じ問題が発端なのだ。

救国の英雄、第一師団の団長ゼレク・ウィンザーコート。

誰もが認めるこの国最強の男が、突然、行方不明になった。

秘密裏に召集された最精鋭たちが昼夜問わず探し回っているが、何の手がかりも得られないまま、すでに一ヵ月が経過。

そしてついに追跡部隊のうちの一名、とくにウィンザーコート師団長の熱烈な信奉者である第一師団の兵士が暴走。この件を秘密裏に片づけたい上層部の「派手な行動は避けろ」という方針や、いっこうに進まない捜索に焦《じ》れ、上官から離反。

各部署ともに厳重な注意を、と言われた直後に飛び込んできた急報であった。

いまだ戦後の余波が響くこの時期に起きた、英雄の失踪。

会議場を完全封鎖せざるをえないその問題については、ブライスではどうにもならないことだ。しかし、現在進行形で命の危機にさらされている部下の救出だけは、絶対にどうにかせねばならない。

危機を報《しら》せに来たウィルに「急いでください！」ともどかしげにせっつかれ、こちとら五十過ぎだぞふざけんな、と怒鳴りたいがすでに息切れを起こしているせいでそれもできず、彼はとにかく走った。

泣きつきに来た部下は三人もいたので、他の二人はそれぞれ別の、唯一この事態を力ずくでどうにかできそうな第一師団の幹部たちのところへ伝令に走らせたが、それも間に合うかどうか分からない。

魔力は生命力と密接に結びついている。

ゆえに魔力の使い過ぎが死に直結することなど、誰もが知っているというのに。

暴走した一人の兵士は、魔術師たちの命を使い捨てにしてでも自分の任務を遂行しようとしているらしいというのだから、たまったものではない。

「ラーク！　まだ生きてっか⁉」

ようやく辿り着いたその部屋は、凍り付いたような静寂の中、マリスの荒い呼吸音だけが響いていた。

息を切らせながら蹴り飛ばすように扉を開けたブライスが、ずかずかとそこへ割って入り、マリスが魔力を供給している魔道具から彼女を引き剥がそうとする。

しかし。

「邪魔をするな！」

第一師団の軍服を纏った男に襟首を摑まれて突き飛ばされ、ブライスは近くにあった机の上のものを巻き込みながら床に倒れこんだ。

見上げた先の男は明らかに正気を失いつつあり、その目には彼の邪魔をした者に対する激しい怒りが見て取れた。

しかし、その程度で怯《ひる》んでいる場合ではない。

「テメェか！　俺の部下を殺しかけてるっつうアホ野郎は！」

床に倒れこんだ体はすぐには動かせず、職場にこもりきりで運動不足な身に鞭打《むちう》って廊下を全力疾走してきたせいで、いまだ息切れはおさまらない。

しかしブライスと同じように床に倒れ伏したまま、ぴくりとも動かない六人の部下を見やれば、何の手当てもされていない。

今も魔道具への魔力供給を強制されているマリスの虚《うつ》ろな目は、明らかに生命に危険を及ぼすレベルの消耗を示している。

ここで激怒しないほど、枯れているわけでもなかった。

「鼻タレ小僧の分際で、俺の部下に何してくれやがんだッ⁉　軍法会議にかけられる前に俺にぶち殺されてぇのかクソ野郎が‼」

「はっ！　軍法会議だと？　なぜ私がそんなものにかけられねばならんのだ！　私は己の任務を遂行するために行動しているだけだ！」

言い合いながら、ほとんど同時に両者から攻撃魔術が放たれ、空中で衝突して派手な火花が散る。

室長と一緒に部屋に戻ったウィルがその隙にマリスの元へ駆けつけ、魔道具から引き剣がそうとするが、彼女に触れようとした手は不可視の防壁に弾《はじ》かれた。すぐさま厄介な状況になっていると気付き、ざっと血の気が引くのを感じて体が震える。

どうやらこの暴走男、マリスの魔力が尽きるまで魔道具から離れられないよう、何らかの魔術をかけたらしい。

他の魔術師たちにもそうしたのか、マリスが若い女だからというので、途中で泣いて放り出すようなことはさせまいとしたのかは分からないが。

「おいおい、これでもラークは王城魔術師だぞ。本当に殺す気なのか……！」

そして、マリスの先天的な魔力保有量の多さが、良い方にも悪い方にも働いていた。

良い方は、室長と彼が間に合ったこと。

悪い方は、マリスの膨大な魔力によって限界を超える稼働を強いられた魔道具が暴走しつつあり、このままでは内部崩壊を起こして大爆発しかねないということ。

マリスの前に六人もの魔術師によって酷使されていたその魔道具は、設定された対象を発見できないまま虚《むな》しく空転を続けている。そして、その過負荷で焼けついた内部回路からは異臭が漂い、きしむような不気味な音を立てているのだ。

もういつ壊れてもおかしくない魔道具が大爆発を起こす前に、どうにかしてマリスから引き離さなければ、彼女の命が危うい。

そのためには、まずそれを邪魔する魔術を解かなければならないが、時間がかかる。

なんてことだ、とウィルが唇を嚙《か》んだところで、その声はふいに響いた。

「マリス」

重低音の、男の声だった。

暴走男と室長の攻撃魔術が複数同時展開されて空中で幾つもの衝突が起き、マリスが魔力供給している魔道具が崩壊の予兆である耳障りな異音を発し、部屋の外でも騒ぎを聞きつけた人々が集まりつつあるという大騒動の場であっても、そこにいる全員の耳にその声は通った。

耳にしたとたん、その主たる彼に注意を向けざるをえない強制力を持つ、おそろしいほど独特な威圧感をそなえた声だった。

「マリス。何か、あったか」

最初に反応したのは暴走男。

ゼレク・ウィンザーコート師団長を探すために離反した兵士だ。

大きく目を見開き、「なんで」と小さくつぶやいてから、声の出所を探すようにせわしなく視線をめぐらせる。

彼が攻撃魔術を放つのをやめたので、室長がすかさず拘束の魔道具を起動させたが、それに捕縛されて床に転がっても気付いた様子すらなく叫ぶ。

「師団長！　ウィンザーコート師団長！　どこですか⁉　どこにいらっしゃるんですか！　ご無事なんですか⁉」

しかし男の声に、彼は応じなかった。

もう一度。

「マリス」

ただその名を呼ぶ。

彼にはその名にしか関心が無いのだと、はっきり分かったのは次の瞬間だ。

「……く、ろ？」

胸元に揺れる銀色のタグから響いてくる男の声に気付いたマリスが、かすかに、うめくような小さな声で応じ、ゲホッと咳《せ》き込みながら倒れた。

カハッ、と苦しげに吐いた中に血が混じっているのに、真っ先に気付いたウィルが叫ぶ。

「ラーク、手を離せ！　死ぬぞ！」

その言葉が終わらないうちに、ドンッと場が揺れる。

衝撃でその場にいた全員が作業台や荷物ごと壁際まで吹っ飛ばされ、あちこちに積み上げられていた修理待ちの壊れた魔道具の山が崩壊して床に散乱した。が、唯一、マリスのいる場所だけが例外だった。

そうしてこの部屋の中でただ一人、何の衝撃も受けず倒れ伏したままのマリスの隣に、いつの間にか背の高い男が立っている。

硬質な光沢のある癖毛の黒髪は、短すぎず長すぎずうまく切られて精悍な顔立ちを縁どり、金まじりの琥珀色をした切れ長の目が辺りを見渡す。

彼はその一瞬で差し迫った危険はないと判断したのか、すぐに足元にうずくまるマリスに集中した。

彼の長袖の白いシャツと紺のズボンという簡素な部屋着姿は場違いで浮いていたが、軽く手を振っただけでクモの巣でも払うようにたやすくマリスを覆う魔術の壁を消し去り、彼女の細い指から暴走しかけていた魔道具をそっと引き離し、こともなげに踏み潰す。

彼は裸足だったが、その大きな足は踏みつぶされながら小爆発を起こした魔道具に傷付けられた様子もなく、周囲にいた魔術師たちを慄然とさせた。

マリスに魔力供給を強制させていた魔術と、それを妨害するものを締め出す防壁は、こんなにたやすく消せるものではなかった。

それに、暴走の果てに爆発を起こしかけていた魔道具を素足で踏み潰すなど、普通の人間に可能な所業ではないし、それで傷一つ負わないなど常軌を逸している。

あまりにも、強さの次元が違い過ぎた。

そんな唯一無二の存在が、今この国に、他にいるはずがない。

「ウィンザーコート師団長！」

場違いに明るい声が響いて、その名を知らしめる。

誰もが確信していた、救国の英雄の名を。

捕縛されて床に転がったまま、暴走男が嬉しげに叫んだ。

「ご無事だったのですね！」

その声に答えることなく、それどころか一切の注意を払うことさえなく。

ゼレクは壊れ物を扱うような慎重さで、魔力を消耗しすぎて動けないでいるマリスを抱きあげた。

荒い呼吸に震える口の端についた血を、武骨な指でそっとぬぐう。

いったい何が起きているのか、その場の誰にも理解することはできなかった、が。

彼らは一つだけ、気が付いた。

いや、それのあまりにも強烈な存在感に、嫌でも気付かざるをえなかったのだ。

「ウィンザーコート師団長の、あれ……。もしかして、首輪……？」

ぽつりと誰かがつぶやいた声は、思いのほか大きく響く。

場の混乱が、さらに増したのは言うまでもない。

そして、その中でも『マリス・ラークの犬』について以前から知っていたこの二人は、とくに。

「まさか……、ラークの、犬……？」

青ざめた顔でブライスがつぶやき。

「あの迷い犬対策用のタグ付き首輪……、もしかして、俺のせい……？」

マリスの犬について、善意の助言をしただけだったウィルの顔は、青を通り越して紙のように白く。

あまりの事態に、二人は生まれてはじめて、立ったまま気絶した。

が、それどころではない周囲は誰もそれに気付かず、しばらくしてバターン！　と二人が派手に倒れたことで騒ぎになったのだが、その時はもう、ゼレクが転移魔術によってマリスを連れ去った後だった。

＊＊＊＊

「とりあえず生きてて良かったとか今までどこにいやがったんだとかこっちはメチャクチャ迷惑したんだぞとか言いたいことは山ほどあるがその前に一ついいか」

額に青筋を浮かべた青年が、唇の端をひくひくと痙攣《けいれん》させながら無理やりに怒気を抑え込んだ低い声で言う。

燃え立つような赤みがかった金髪に、夕焼けのようなオレンジ色の目。

彫りが深く、くっきりとした濃い金色の眉が意志の強さを示すかのような顔立ちをしたジェド・ウォーレンは、あまりの怒りにノンブレスになっているが、それを指摘するものはいない。

「どうぞ」

そこに合いの手を入れたのは、同じく無理やり怒気を抑え込み、こちらは頭痛をこらえるように額に手を当てたフォルカー・フューザーだ。

青銀色の髪に凍りついた湖を思わせる青の目、すっと通った鼻梁《びりょう》に細い銀縁フレームの眼鏡をのせた薄い唇の彼はやや神経質そうな印象だが、中肉中背のその身はよく鍛えられている。

二人とも、第一師団の軍服を纏っており、左胸に数々の略式勲章が輝いていることからかなりの立場の人物であることが分かるが。

「お前らは特殊性癖のバカップルか！」

遠慮のえの字もなく吠えるように怒鳴りつけるその言葉は、師団長であるゼレクに対するものだというのに、敬意の欠片《かけら》もなく辛辣だった。

「なんだその首輪とタグのネックレス！ お揃いか！ 仲が良いのか!! そりゃあ結構なことだが外でやるんじゃねぇよお前は自分が救国の英雄なのをいいかげん自覚しろやこの究極の面倒くさがり男がぁぁぁ!!」

相変わらずのノンブレスで叫んだジェドは、団長補佐官であり、ゼレクの幼馴染《おさななじ》みでもある。

第一師団の副師団長で、二人の軍学校の同期でもあるフォルカーは、片手で銀縁フレームの眼鏡の位置を直しながら淡々と言う。

「百歩譲ってその首輪についてはひとまず置いておくとして、あなた方はいったい何がどうして、どういう状況になってるんですか？ というか、誰も彼女を取り上げたりしないので、いいかげん解放してやってください、師団長。なんでそんなにガッチリ抱きかかえてるんですか。お気に入りのヌイグルミを抱える幼児じゃないんですから、もうすこし年齢に相応《ふさわ》しいふるまいというものができないんですか、この三十二歳児は」

第一師団所属の兵士が暴走し、マリスが死にかけて『クロ』ことゼレク・ウィンザーコートがそれを阻止した翌日。

ゼレクは騒動の後、当然のようにマリスを連れて転移魔術で彼女の部屋へ戻り、一晩、鉄壁の防御を敷いて外部のすべてを締め出し、彼女に必要な手当てをした後、いつものように二人で眠った。

そしてマリスが目を覚ました翌日の昼、だいぶ回復した彼女が「いつの間にか帰ってきてるけど、昨日は私、どうしたんだっけ？」と首を傾げつつも用意した食事をとって、少し休憩したのを眺めると、もういいだろうと防御壁を解いたのである。

するといったいいつから待機していたのか、二人が勝手にずかずかと乗り込んできて、現在に至る。

ちなみに、フォルカーが部屋に入るのと同時に防音結界を張ったので、彼らの声が外に響くことはない。

「おいゼレク！　そっぽ向いてんな！　お前の話だよお前の！　っつーかそっちのお

嬢さんもなんでそんな不思議そうな顔？ 俺の言ってる言葉、通じてるか？」

怒った様子のジェドにたたみかけるように言われ、はぁ、とゼレクの腕の中のマリスは戸惑い顔でつぶやく。

彼女としては、死にかけた翌日にいきなり見知らぬ青年二人が自宅に突撃してきて訳の分からないことを言い連ねるので、反応のしようがないのだ。

なので、初歩的な質問をすることにした。

「あの、すいませんが、お二人はどちらさまですか？ 第一師団の方だということは分かるのですが、ええと、どうしてそのような方々が、私の部屋に？」

は？ と、今度はジェドとフォルカーの方が間の抜けた顔で固まった。

そして数秒後、二人はほぼ同時に我に返り、ギギギ、と軋《きし》む音がしそうな動作でゼレクを見る。

多くの国民から『救国の英雄』と称《たた》えられる男は、彼らの会話が始まったほぼ最初からそっぽを向いている。しかも暇つぶしなのかずっと膝の上に抱いているマリスの左手を取り、ひらひら振ってみたり輪郭をたどってみたり爪を撫でてみたりしている。

クロに甘いマリスが好きなようにさせているのを良いことに、やりたい放題である。

二人の昔馴染みから「この自由過ぎる三十二歳児め」という目で睨まれてもどこ吹

く風で、まったくの無表情のままマリスの手で遊び続けているのだから、心臓に毛が生えているとしか思えない図太さだ。

「これは……、こいつ、何も言ってねぇな」

と、頭が痛そうにジェドが言う。

「そういえばゼレクは人前に出る時、だいたい兜《かぶと》を被《かぶ》ってましたし、出撃前でさえ演説するタイプではありませんからね。言われなければ彼女が気付かないのも、無理はないでしょう」

ついにフォルカーは頭を抱えてしまった。

二人は深いため息をついて顔を見合わせると、もう一度とても深いため息をついて、ここは俺たちがやるしかない、と頷きあった。

改めてマリスに向き直り、まずはフォルカーが口を開く。

「名乗りもせず、失礼いたしました、マリス・ラークさん。我々は今あなたを幼児のように拘束しているバカ……、いえ、第一師団長ゼレク・ウィンザーコートの部下です。私は副長のフォルカー・フューザーと申します。こちらは師団長の補佐官です」

「ジェド・ウォーレンだ。うちの師団長が物凄《ものすご》く大変に迷惑をかけて、本当に申し訳ない。しかも俺たちまでこんな礼儀知らずなありさまで君の家に踏み込んでしまったこと、心から謝罪する。すまなかった」

最初の勢いが幻だったかのように、二人は揃って丁寧に謝罪した。

驚いたマリスが慌てて「そこまでされずとも、どうぞお気になさらず」ととりなすと、ジェドはさっと身を起こして真剣な表情で「この詫《わ》びは必ずさせていただくが、今はお言葉に甘えて」と話を続ける。

「じつは我々は、ずっとそこのバカを探していたのです。このアホは救国の英雄と呼ばれ、第一師団という部隊を率いる師団長という立場にありながら、一月ほど前から行方をくらましておりまして」

バカだのアホだの、救国の英雄で彼らの上官であるはずなのに、ひどい言われようである。

先ほどは三十二歳児とか、究極の面倒くさがり男、とも言われていたので、今さらかもしれないが。

でもまあ、一ヵ月も行方不明になっていたら、それは誰だって怒るだろうな、とマリスは思った。

要するに彼らはゼレク・ウィンザーコートのことがとても心配で、それゆえに見つかった安堵に怒りが混じり、つい過激すぎる言葉が飛び出してしまっているのだろう。

ちょっと飛び出しすぎている気が、しないでもないけれど。

ゼレク・ウィンザーコートという人は愛されているのだな、と思う。

が、その人の話と自分がどう繋《つな》がるのか、マリスはいまだにさっぱり理解していなかった。

そこにいる、とか、マリスを抱きかかえている、とか言われても、彼女の隣にいるのは黒い犬なのだから。

いつものようにぴったり寄り添ってはいるけれど、犬が人を抱きかかえられるわけもないし、まさかクロが、彼らの言うゼレク・ウィンザーコートという名前で、第一師団の団長をやっているなんてこともありえないだろう。

ジェドとフォルカーの話が一通り終わったところで、マリスは質問してみた。

「それで、あなた方の上官であるゼレク・ウィンザーコート師団長さまは、どこにいらっしゃるんですか？」

数秒、時が止まったような沈黙が降りた。

「えっ？」

と、虚を衝かれた顔でジェドとフォルカーが驚き。

「えっ？」

と、二人に驚かれたことにマリスが驚き。

ただ一人、相変わらずマリスの左手で遊ぶゼレクが、彼女の手を優雅にひらひらと揺らしていた。

＊＊＊＊

第一師団の拠点の一室で、ジェドは頭を抱えてうめいた。

「本当に、本当にまったく何の魔術的影響も受けてないのに、ゼレクが黒い犬にしか見えてないのか、あのお嬢ちゃんは……！」

あまりにも訳の分からなさすぎる状況に、フォルカーも難しい顔で腕組みをしたまま数分前からずっと固まっているが、心なしかその眼鏡の奥の青い目が宙を泳いでいる。

マリスの部屋でしばらく話をしてから、数時間後。

どれほど言葉を尽くしても彼女の元から離れようとしないゼレクを、仕方なくそこに置いたまま、彼らは拠点に戻った。

さすがに死にかけた翌日に出勤を迫るほど、鬼畜な職場ではない。おかげで何年ぶりかの休暇を得たマリスは、ゼレクを拾ってからはじめて一日家にいられる。

それを知って喜び、尻尾があったらブンブンと音が鳴るほど振りまくっていたであろうというほどの上機嫌で彼女にぴたりと寄り添うあの男を、いったい誰が引き剝がせるだろうか、という話だ。

もちろん放置したわけではない。

事態を把握した昨日から、第一師団の中でも別動隊として動くことの多い副長直属の遊撃隊の隊員を護衛兼監視役として、マリスに気取られない所に複数配置済み。

そもそも、ジェドとフォルカーはマリスの部屋を訪れる際、軍服をマントで覆い隠し、出入りするところを見られないように注意している。第一師団には敵も多いため、ジェドやフォルカーを狙った襲撃にマリスが巻き込まれないよう、配慮したのだ。

そしてゼレクとマリスの事情を知ると、すぐさまマリスの部屋の大家に彼女は第一師団の関係者であると伝え、彼女に妙な噂《うわさ》が立ったり危険に巻き込まれたりしないよう目を配ってほしい、と頼んである。

当然、大家は即答で承諾した。

そうした『第一師団』という名の持つ力や、第一師団を率いる『ゼレク・ウィンザーコート師団長』の名がどれほどの影響力を持っているのかを、いまだ本人だけが自覚しないままでいる。

一方、理解している人々は全員、顔色を悪くしていた。

今、ジェドとフォルカーの前にいる、十七室の室長ブライスとウィルもそうだ。

彼らはマリスについての聴取のために呼び出されたのだが、とくにウィルは「あの首輪は俺のせいです。俺が余計なことを言ったから。もう、なんとお詫《わ》びをすればいいのか……、まさかこんなことになるとは思わず……」と憔悴《しょうすい》した様子で延々と謝罪しては、ジェドやフォルカーに「いえ、あれはあなたのせいではないでしょう」となだめられている。

この問題については、ジェドもフォルカーも早々に「ゼレクが悪い」と判断した。

なにしろ彼らの目の前で、しばらく話をして彼らの視線の意味にようやく気付いたマリスが、クロがゼレクという名の人であると認識できないままではあったけれど、一度は試みたのだ。

「クロちゃん、首輪、ダメみたいだから、外そう？」と。

しかし、そう言いながらそっと首元にのばされた彼女の手を、ゼレク本人が嫌だと言うように摑んで拒んだ。

この場合、誰に問題があるのかなど、一目瞭然だ。

なので二人はそれ以上は議論せず、以降はその存在を無視することにした。

大変に、非常に腹立たしいことだが、最強の兵士であるゼレクに嫌がることを強制できるだけの力など、ジェドにもフォルカーにも無かったからだ。

唯一、マリスならばなんとかできたかもしれないが、首輪については断固拒否するクロに、「そんなに気に入ったの？　私は嬉しいけど、なんかダメだったみたいだから、外してほしいんだけどなぁ」と困ったように笑っていたので、彼女に外させることも無理そうだと察した。

本当に、特殊性癖のバカップルにしか見えないし、もしそうならその方がまだ話は簡単なのだが。

そうではないというのだから、ジェドもフォルカーも、行方不明だった師団長を見つけたというのに新たな頭痛の種が増えただけ、という惨状である。

しかしそれでも、やるべきことはやらねばならない。

という訳で、一通りマリスについて話を聞き、今日自分たちに話したことは今後他の誰にも言わないように、と口止めしてブライスとウィルを帰す。

そうしてようやく、二人は力を抜いてぐったりとイスに沈み込んだ。

「まったく、どうすりゃいいんだ、これ……」

疲れきった様子でつぶやいたジェドに、しばらくしてからフォルカーが言った。

「……ジェド、あの噂を知っていますか？」

「噂？」

「一つだけではなくて、幾つかあるんですけどね」

フォルカーが言いながら軽く手を振って、防音結界を張る。

機密事項を話す時に必ず使うため、慣れたものではあるが、噂話程度で使うことは珍しい。

いったい何の噂のことだ、とジェドが隣を見ると、腕組みをしたフォルカーが眉根を寄せて中空を睨みながら言った。

「聞いた時期も内容もバラバラの噂です。しかも、どれもあっという間に立ち消えてしまったので調査しきれず、信憑性《しんぴょう》についてては何とも言えないのですが」

その言葉からはじまった話は四つ。

一つ。

両親にまったく似ていないウィンザーコート伯爵家の三男ゼレクは、母方の祖父に似たのだと言われているが、じつは養子である、という噂が一時期流れたことがある。

二つ。

これは国民の誰もが知るところだが、この国の王は代々黒髪で、それは始祖の王が神獣、黒狼の子であったからである、という伝説がある。

ただし、これについては現在の貴族には王族から降嫁を受けた血筋がいくつもあり、その末裔が黒髪を持って生まれることも多いので、黒髪自体はとくべつ珍しいものではない。

三つ。

今代の王が若い頃、一人の女官を熱愛していたが、彼女は平民の出身であったために側室にすることもできず、二人は先代の国王に無理やり引き離された、という噂。

四つ。

その女官が王城を辞した後、終《つい》の棲家《すみか》となったのがウィンザーコート伯爵家の領地であった、という噂。

「あと、これは後世の芸術家の創作ではないかと言われていますが、我が国の王家には、王妃様が初対面の際、国王陛下を黒い狼と見間違えて、たいそう驚かれることがある、という話が伝わっています。なんでも、黒い狼に見間違えられるのは王としての器が優れているからだそうで、その器を見抜いて黒い狼の姿を見通す女性はその王に相応しい王妃の資質を持つ、らしいです。それで、この逸話が残る王は、いずれも賢い王妃に恵まれた名君であったとか。どう思いますか？　ジェド」

話し終えたフォルカーがジェドを見ると、彼は引きつった顔をしていた。

「……どう思うか、って言われてもな。俺、若い頃の国王陛下にお気に入りの女官がいたとか、追い出された後にウィンザーコート伯爵家の領地に住んでたとか、聞いたことねぇぞ。一時期ゼレクに養子説が出てたのは知ってたけど。お前の情報網、相変わらず広範囲網羅しすぎだろ……」

「お褒めに与《あずか》り光栄です、とでも言っておきましょうか。それで、現実逃避はそのくらいにして、話に戻ってもらいたいんですがね」

ジェドは顔をしかめて「うーん」とうなってから、首を横に振った。

「いや……、いやいやいや、なぁ？　フォルカー、お前それ、ゼレクが国王陛下の御落胤《らくいん》で、その王としての器を見抜いたマリス嬢が、そのせいでゼレクを黒い犬と見間違えている、って言いたいわけだろ？　何となく分かるような気もするけど、さすがに無理だろ。っつーか、ゼレクが王の器とか。能力的にはやれるかもしれんけど、性格的に絶対無理じゃねぇか。やらせてみなくても分かる。あいつに王なんて、いや、その前の王太子の時点で絶対、確実に、速攻で逃げるに決まってる。万が一、億が一の確率でゼレクが陛下の子だとしても、マリス嬢も、だから狼じゃなくて犬だと思い込んでるんじゃないか？　あいつは王にも王太子にも、そもそも『人間』としてすら『足りてない』んだぞ」

ゼレクをよく知る幼馴染みの率直な評価に、軍学校からの昔馴染みも「そうでしょうねぇ」と同意した。

「ゼレクに王なんて、能力的にはともかく、どう考えても性格的に向いてなさすぎです。今の師団長の地位だって嫌がっているというのに、うっかり戦功を上げてしまったせいで救国の英雄なんて呼ばれて、ついには本当に逃げ出してしまったくらいですからね。まあ、それについては彼の元に来る刺客を事前に処理しきれず、ケガを負わせ続けてしまった我々の責任もありますが……。とはいえ、彼に国王なんて、とてもじゃないがやれるわけがない、と、私たちは考えますがね」

だが、もしも他の者にマリスの話が漏れたら、フォルカーと同じように噂話を結びつけ、おかしな野心からゼレクを利用しようとする輩《やから》が現れるかもしれない。

ただでさえ今のゼレクは、国の内外を問わず広くその名を知られた状態だ。

しかも現王の子は王妃との間に二人、側妃との間に一人おり、それぞれ健康に育ってはいるものの皆ごく普通の青年。ゼレクに勝る武勇伝などあるはずもないし、折り悪く王太子である第一王子は体調不良のため離宮で療養中である。

こんな状況で先王によって現王の傍から遠ざけられた女官の話や、ゼレクを黒い犬と信じて疑わないマリスの話を都合良くより合わせた噂話などバラ撒《ま》かれた日には、どうなることか。

王を頂点に、王弟が宰相として辣腕を振るうこの国にも、隙あらば勢力図を塗り替えようと、虎視《こし》眈々《たんたん》と狙う高位貴族の派閥がある。

今は戦後間もなく、中立派が親王派に従うことで王家が主導権を握っているが、ゼレクはすでにそれを覆すだけの名声と実績を持っている。そこへさらに血統が加われば、良からぬ企《たくら》みに利用される可能性が高まるばかりだ。

当人はまったく望まないだろうし、権力者の座に向いてもいないのに。

「……まず、ラークさんの安全を確保するところから始めましょうか」

フォルカーの発言に、やや顔色を悪くしたジェドが「ああ」と頷いた、次の瞬間。

二人はハッとして、弾かれたように同時に立ち上がった。

＊＊＊＊

フォルカーが防音結界を解いたとたん、外のざわめきが耳に届く。

「あのアホまさか！」

部屋を飛び出して廊下を走りながらジェドがうなり。

「今、それ以外にあの場所に用は無いでしょう！」

遅れてその背を追走しながら、苦虫を噛み潰したような顔でフォルカーが応じる。

そして彼らの行き先では、気配を隠そうともせず、長期不在の言い訳などするはずもなく、見張りを外に放り出して勝手に地下牢《ろう》へ入ったらしいウィンザーコート師団長に気付いて、近くにいた兵たちが集まりつつあった。

魔力の匂いと気配で仲間を識別できるよう訓練された兵たちにとって、今の状態はゼレクが目の前にいるに等しい。

しかしその姿を目で見ることができないため、口々に「師団長がいる⁉」「無事なのか⁉」「気配だけなら元気そうだが、なぜか物騒！」「なんでこんなに殺気立ってるんだ⁉」「気にはなるが近付いたら殺されそうだな」と小声で言い合いながら、少しでも様子を探れないかと閉ざされた扉の前でひとかたまりになっていた。

「お前ら退け！」

ジェドがそれを一言で蹴散らし、続くフォルカーが眼光鋭く釘《くぎ》を刺す。

「全員、持ち場に戻りなさい。ここにはしばらく誰も入ってはなりません」

慌てて道を空けた兵たちが「はっ！」と敬礼するのを背に、地下牢に続く扉をくぐった。

第一師団はゼレクを長としながらも、彼があまりにも仕事をしないので、仕方なくジェドとフォルカーがまとめあげている集団である。

そしてそのまとめ方ゆえに、ある意味ジェドとフォルカーは副官でありながらゼレク以上に恐れられており、そんな彼らに命じられたからには兵たちが踏み込んでくることはない。

「……」

「……」

そうして心理的にこの場を封鎖した二人は、中に入ってすぐ、可能な限り素早い動作で扉を閉じ、物理的にも封鎖した。

外にいるのは歴戦の兵士ばかりで、奥から漂う濃い匂いが血臭であることなど、すぐに気付くだろうが。

無言になった二人が足早に階段を降り、開け放たれたままの牢まで辿り着くと、中にいた男が待ち構えていたかのように振り向いて言った。

「遅い」

突然の失踪、生きているかどうかすら分からない行方不明の後、ほぼ一ヵ月ぶりに聞いた言葉がこれである。

マリスの部屋では二人が何を言おうとまったくとりあわず、マリスの手で遊びながらそっぽを向いていたので、本当にこれが久しぶりに聞いた第一声である。

いくら昔馴染みでその性格に慣れているとはいえ、二人の額に青筋が浮いたのは当然だろう。

しかし彼らはゼレク・ウィンザーコート師団長の部下でもある。

先に平静を取り戻したフォルカーが訊《たず》ねた。

「衛生兵と処理班、どちらが必要ですか」

「衛生兵」

本当に衛生兵で間に合うのか、疑問に思うほどの量の血を流して倒れている男を足元に放置して、短く応じたゼレクが牢の中から出てくる。

ジェドが魔術で伝令を飛ばし、衛生兵を呼んでいる間に、フォルカーは返り血一つ無い上官の姿を上から下までしげしげと眺めた。

長く戦場に身を置いていたせいか、むせかえるようなこの血臭の中で今はじめて、フォルカーは平常心でゼレクを見ることができていた。

普通なら会って最初に気付くだろう重要な変化を、ようやく認識する。

「ゼレク、体調が良くなったようですね。髪を整えて、ひげも奇麗に剃《そ》ってある。それなりに長い付き合いのはずですが、目の色も、顔立ちが意外と美形なのも、初めて知りました。それも彼女が世話してくれているのですか？　あなた、他人に髪を切られるの、嫌いだったでしょう」

刃物を持った人に頭を触らせる、ということが、ゼレクは本当に苦手というか、大嫌いだった。

しかも極度の面倒くさがりで、ほとんどひげも剃らない。

そのせいでボサボサの癖毛とモジャモジャのひげがゼレクのトレードマークになっていたほどだ。

人前に出る時に彼がよく兜を被っていたのは、それを被るなら髪やひげについて文句はつけない、とジェドが言ったからだ。

ジェドとしては、兜の中で伸ばしっぱなしの髪やひげが蒸れて煩わしくなったら、さすがのゼレクも自分から手入れを受けたがるようになるだろう、という思惑だったのだが。

ゼレクはいいことを聞いた、とばかりに人前に出る時は必ず兜を被るようになり、ますます髪とひげの手入れをしなくなってしまったので、完全に見込み外れとなってしまっていたのだった。

それが今は、フォルカーが出会って以来、一番奇麗に身なりが整えられている。癖のある黒髪は少しでも長すぎると見苦しくハネまくるのだが、そうならないちょうど良い長さで巧みに切られており、口元が見えないほど伸びていたひげも、今は一本残らず剃られてすっきりしている。

おかげで切れ長の目が金まじりの琥珀色だということが、はっきりと分かった。フォルカーの記憶にある限り、彼の目を、色が分かるくらいまともに見られたのは、おそらくこれが初めてだ。

そうして身なりが整えられると、美男子というには雰囲気が物騒すぎるが、この男はそれなりに精悍な顔立ちをした美丈夫なのだと分かった。

だが残念ながら、よく見えるようになったその容貌は、ウィンザーコート伯爵よりも現王や宰相に似ている。

今までこの顔を周囲に見せなかったのはただの偶然だったが、じつは賢明なことであったのかもしれない。

心の内でゼレクの回復を喜ぶのと同時に、フォルカーの懸念が深くなる。

「ああ。マリスは、器用だ」

おそらく昔からそうだったのだろう、その顔は無表情な鉄面皮のままほとんど変化を見せないが、ゼレクはどこか誇らしげに答えた。

マリスのことを褒められたのが嬉しいらしい。

しかし、とフォルカーは首を傾げた。

「不思議ですね。ラークさんはあなたを犬だと認識しているはずでしょう？　髪を切ったりひげを剃ったりしている時、その認識はどうなっているんです？」

昔から極端に口数が少ないゼレクは、そんなこと知るか、という様子で返事をしなかった。

これがゼレクが究極の面倒くさがり男、と言われるゆえんである。

彼は会話も含めて、必要最低限のことしかしないのだ。

ため息をついて返答を待つのを諦めたフォルカーは、防音結界を張ってゼレクに告げた。

「ラークさんがあなたを犬と認識していることについて、一つ仮説があります」

金まじりの琥珀の瞳が、眼光鋭くフォルカーを見る。

覇気をまとった詰問の眼差《まなざ》しを、慣れた様子で受け流して話を続けた。

「ゼレク、自分の身に王家の血が流れている可能性について、どこかで話を聞いたことはありませんか？」

自分の顔立ちが現王や宰相、つまり王家筋の男性の特徴を持つものであると、本人は認識しているのか。

フォルカーが気になったのはそこだったが、すうっと目を細めたゼレクは、なぜか、まったく別のことを考えているように見える。

その時、ジェドに呼ばれた衛生兵たちが地下牢に駆け込んできたので、フォルカーは防音結界を解除した。

重傷を負った兵士の手当てをするのに慣れた彼らは、久しぶりに姿を現した師団長に無言で敬礼した後、さっさと牢に入って意識を失った男を担架に乗せ、運びだしてゆく。

ゼレク・ウィンザーコートただ一人を自分たちの長として認める彼らにとって、一ヵ月を超える不在など何の影響も無かったかのように振舞うそれが、揺るがぬ忠誠を示すものだった。

そして彼らの作業が終わるまで黙っていた三人のうち、バタン、と扉が閉まったとたんに動いたのは、ジェドだ。

ほとんど予備動作の無い、潔いほどの不意打ち狙いでゼレクに拳を叩《たた》き込もうとして、しかしそれよりも素早く動いた彼にあっさり避けられ空振りに終わる。

とうとう赤金髪の補佐官が吠えた。

「一発くらい殴らせろこのボケーッ!!」

その隣で青銀髪の副長も頷く。

「そうですね、私も最低一発は叩き込ませていただきたいです」

昔馴染み二人の言葉に、ゼレクは嫌そうに口をへの字にしてふいとそっぽを向いた。

それはついさっき、マリスを殺しかけた男を意識不明の重体になるまで痛めつけた人物だとは思えないほど、幼稚な仕草だった。

＊＊＊＊

「わざわざお前が報復なんぞせんでも、あいつはもう極刑にしかならんかったんだぞ。なにしろマリス嬢を含めて王城魔術師七人を魔力枯渇寸前まで追い込んだあげく、そのうちの二人がいまだに昏睡《こんすい》状態だからな」

拘束後の取り調べによって、暴走した兵士はマリスとゼレクのつながりを知っていたわけではなく、ゼレクを探すために必要な魔道具がたまたまマリスの部署に修理要請とともに回されていたためだったと分かっている。

結果的にその暴走のおかげでゼレクが発見されたわけだが、七名もの王城魔術師を生命の危機と直結する魔力枯渇が起きるところまで追い込んだ、その罪状が軽くなることはない。

ちなみに彼の取り調べが第一師団の拠点で行われたのは、彼がエリート集団である第一師団所属の兵士であり、他の部署に任せた場合、隙をついて逃亡する恐れがあったためだったのだが。

幸か不幸か、おかげでゼレクの報復が『取り調べ中の事故』として処理されることは、すでに暗黙の了解となっている。

「まあ、ひとまず峠は越えたらしいから、魔力が回復すれば自然に目覚めるだろうというのが軍医の見立てだが。死者が出なくて良かったよ、本当に。しかし、あいつ、あの戦争の後から妙にお前にこだわってたからな。お前がいなくなってからやたらとピリピリして、まともに仕事にならねぇし、ガス抜きのつもりで追跡部隊に貸し出したんだが。まさかあそこまで派手に暴発するとはなぁ……」

何かやらかすかもしれないから、その時は第一師団から外すよう動こうかとは思っていたのだ。

まさか、これほど短絡的で無計画な事件を起こすとは、予測できなかった。

国の最精鋭たる第一師団の一員に相応しい大事を企んで、事前準備や手回しをするような動きがほんのわずかでもあれば、それを理由に捕縛できただろう。

しかし、短絡的で無計画であるがゆえに止める間もなかった。

おかげで追跡部隊は第一師団の指揮下にあったわけではないというのに、部下の暴走は上官の責任でもあると上層部から叱責されたあげく、また書類が山積みだ、と遠い目をしてジェドがぼやく。

そして、地下牢からフード付きのマントを着せて（何と言おうとがんとして首輪を外さないその姿を、さすがに他の兵士たちの目にさらすわけにはいかなかったので）師団長の執務室へ連れてきたゼレクに、次々と溜まった書類を処理させながら、彼は話を続けた。

「そういえば、マリス嬢は魔力保有量の多さが幸いしたみたいだな。魔力枯渇で血を吐いたと聞いたが、今日会って話したかぎりではすでにだいぶ回復しているようだったし。あの様子なら何日か安静にしていれば、じきに本調子に戻るだろう。しかしお前、よく今のタイミングで彼女の傍から離れる気になったな。もしかしてマリス嬢、今は寝てるのか？」

そうでもなければ、ゼレクが彼女の元から離れるとは思えない。

二人が部屋を出る時には、それくらい彼はマリスにぴったりと寄り添っていたのだ。

案の定、面倒くさそうに書類を処理しながらゼレクが頷いた。

慣れたジェドは「そうか」と応じたが、ふと思いついて聞いた。

「まさかお前、防御陣とか」

「第四種を構築してある」

珍しくゼレクが長めの言葉で返答をよこした。どこか自信ありげに。

しかし言われたその内容に、ジェドはげっそりと疲れた顔で「ああそうかよ」とつぶやいた。

第四種防御陣といえば、城塞用の魔術防御だ。

それもゼレクが構築したというのだから、たとえ急ごしらえの簡易的なものであったとしても、おそらく魔術で攻撃されようが、攻城戦用の投石器で攻撃されようが、今のマリスの部屋には傷一つ付かないだろう。

王都の閑静な住宅街にある集合住宅を、投石器なんぞで狙い撃つ輩がいるとは思えないが。

こいつ何と戦ってんの？　と思わず遠い目になるほどの過剰防衛である。

「……ん？　そんな大型の防御陣、報告に上がってねーぞ」

現在ゼレクが居候しているマリスの部屋は、彼らの部下が常時監視している。何か少しでも変化があれば、報告があるはずだ。

ふと気付いたジェドが、そうだよな？　とフォルカーを見れば、彼は悟ったような目で返した。

「魔術で隠蔽しているんでしょう。自分の身にかけている追跡妨害の魔術を完璧に隠蔽しているように」

「いやいや、対人の追跡妨害の魔術はまだ分かるが、対物の第四種防御陣を隠蔽って」

「ジェド、あなたも慣れているでしょう。ゼレクですよ」

半笑いで話していたジェドは、そのセリフを聞いた瞬間、真顔になった。

「なんでこいつそんな有能なくせに、この程度の書類さっさと片付けられねぇの？　必要なところは無能すぎるのに、無駄なところで有能すぎて意味不明なんだが」

「ゼレクですから」

「お前、返事すんの面倒くさいからって、適当すぎじゃね？　クッソ腹立つー」

常人では気付けない速度でジェドの手元からシュッと飛んだペンを、顔も上げずにわずかな動きだけでゼレクが避ける。

その背後、ガッと鈍い音を立てて土壁に突き刺さったペンを、フォルカーが迷惑そうな顔でズゴッと引き抜いた。

「遊んでいる暇があるのなら、あなたも仕事を片付けてくださいよ、補佐官。……あ、またペンを壊して」

「ペンぐらい、いいだろ。前にナイフ投げたらめっちゃ怒ったじゃねーか。どうせ当たんねぇのに」

「ナイフとペンを同列で言うんじゃありません。壁の修繕費と、備品のペンの弁償、あなたの給料から天引きしておきますね」

「理不尽！」

「いえ、自業自得です」

ぐぬぬ、とうなるジェドを放置して、不意にフォルカーが話を変えた。

「そういえば、ゼレク。まさかとは思ったのですが、ラークさんが初恋ですか」

唐突すぎる話題転換だった。

しかも、長く荒事にしか関わってこなかったゼレクとジェドには、あまりにも縁遠い言葉だ。

　数秒、意味が理解できず沈黙する。

「はつこい……？」

　その数秒を過ぎても、今度はゼレクと初恋という言葉が結びつかないらしく、困惑した様子のジェドがつぶやきながら幼馴染みの顔を見る。

　そのゼレクは、無意識なのか首輪に付いたタグに触れながら、考え込むように視線を中空に迷わせている。

　フォルカーは、そんな二人の様子にはまるで無頓着に自分の考えを話す。

「ゼレクは女性との交際の噂が流れたことが一度も無いですが、それでいて男色の噂さえも無いくらい人を寄せ付けないでしょう。それがどうですか、今のラークさんへの執着ぶり。これに恋情が絡んでいないと言われたら、むしろそちらの方が異常ではありませんか」

　そして今はその異常な状態であるらしいのだが。

「ゼレク、ラークさんを抱きたいと思った事、ないんですか？」

「無い」

　即答だった。

ジェドが手のひらで目を覆う。その現実を見たくないという気持ちは痛いほど分かるが、フォルカーはさらに追及する。

「では、ラークさんが他の男に抱かれても、あなたはかまわないんですか？」

ゼレクの手の中で、キシッ、と金属製のタグが軋むような音を立てる。

今度は言葉での返答が無かったが、そのことについて考えてみたのだろう。

鋭利な殺気がフォルカーとジェドの首筋をぞくりと冷やし、それが答えだと二人に告げていた。

マリスの身辺調査はすでに完了しており、彼女に恋人や婚約者がいないのは判明済みである。

その原因が、魔術塔第三隊所属のボンクラ御曹司に目を付けられたせいでケチがついたから、というのも把握している。

ちなみに有能な副官たちは、このボンクラ御曹司がマリスにこれ以上ちょっかいを出さないよう、すでに手配済みだったりもする。

家名だけで第三隊という魔術塔の花形部署に配属されていた彼は、近いうちにそこから外されて、実家の援助も受けられなくなるだろう。そしてなぜそこまで事態が悪化したのかも理解できないまま、マリスに構ってなどいられない状況に置かれることになる。

この件について、部下二人にとっては『マリスの脅威となるボンクラ御曹司を排除した』というより、『事情を知ったゼレクが過剰な報復をすることを事前に阻止した』という方が正確だ。

そして幸か不幸か、そんな事情からマリスに恋人も婚約者もいなかったおかげで、師団長の横恋慕で惨殺される男がいなくて良かった、と彼らは心の底から安堵した。

もしそんな惨殺事件が起きたとしたら、その痕跡を隠蔽するのは確実に自分たちの仕事になっていただろう、と分かっているからだ。

二人とも、今さら汚れ役を嫌うほど奇麗な身ではないが、さすがにそんな仕事はしたくない。

今、マリスを痛めつけた元部下を半殺しにしたゼレクの後始末の真っ最中だからこそ、余計にそう思う。

皆が『救国の英雄』と謳《うた》うこの男は、一度敵と認識したら、容赦しない。

「今、感じたことについて、もう少し深く考えてみてください」

部屋の空気を一瞬にして鋭く張りつめたものにしたゼレクに、フォルカーができるだけ常と変わらない口調で、淡々と言う。

「我々の方でも、安全を確保できそうな部署にラークさんを異動させられるよう動いてみます。ですが、師団長に方針を定めていただかないと、決定打は出せませんので」

しばらくの沈黙の後、その言葉に頷いて、ゼレクは書類の処理に戻る。

誰も何も言わなかったが、その作業はゼレクが地下牢でやらかした報復行為に目をつぶっておいてもらうための対価だ。

一部隊を預かる師団長としては、当然のこととしてやらなければならない仕事なのだが。

彼の場合はそれが対価になりうるのだということが、ゼレクの師団長としての資質に問題ありと示している。

それでもゼレクが第一師団長だった。

本人が嫌がっているのに、誰もその地位から彼を引きずり下ろせない。

一ヵ月を超える期間の行方不明を、公的に罰せられることさえない。

秘密裏に最精鋭で追跡部隊が組まれて捜索されたというのに、その網のすべてをことごとく躱《かわ》して一切の手がかりを与えず。

マリスの窮地に気付いて自ら姿を現すまで、彼が生きているかどうかすら誰にも悟らせず。
だがゼレクが戻れば、誰もが当然のこととして彼を第一師団長と仰ぐ。
それがゼレク・ウィンザーコートという男だった。

三章　束の間の休暇

子供であったことも、大人になったこともない。

幼い頃から規格外の強さを発現したゼレクはただ、いつどこにあっても『ゼレク』という名の化け物だった。

小さな手で掴んだ物を壊し、軽く投げた物が壁に突き刺さり、癇癪《かんしゃく》を起こして泣く声がガラス窓を粉砕するのだから、それはもう隠しようがない事実だ。

母はゼレクの異常な強さに怯え、自分はお前のような化け物の母親ではない、と悲鳴じみた声で拒絶した。

二人の兄は、お前がそんな化け物だから実の親に捨てられたのだと、ゼレクがそれを忘れないよう執拗に言い続けた。お前など弟ではない、と否定し続けた。そうしなければ耐えられない、とばかりに、どこか必死に。

妹は最初、家族の異様な様子を見て遠巻きにしていただけだった。しかし運悪く、ゼレクが彼女の落としたぬいぐるみを拾おうとして、うっかり引きちぎってしまう。

胴体から引きちぎられ、頭だけになったお気に入りのウサギは幼心に衝撃が大きすぎたのだろう。その場で絶叫し、気絶。以降はゼレクの視界に入ることも嫌がり、彼がいるところにうっかり出くわすと、「ヒッ」と真っ青な顔で息をのんで全力で逃げた。

そんな家族に、父は「ゼレクが養子であると知られてはならない」と厳命した。

その後は仕事を理由に家に寄り付かなかった。

そういうところで育った。

だからそれが当然のことでありすぎて、人の中の異種であり続けたゼレクは、人に心を動かされたことが無かった。

必然的に、恋など夢のまた夢の話で、自分の身に起こるものとして考えたことすら無かった。

「……クロちゃん？　おでかけ、してたの……？　ちょっと、つめたいね。そと、さむかったんだねぇ……」

まばゆい昼の陽射《ひざ》しをカーテンで遮った狭い部屋の寝台で、勝手に潜りこんできた男を何の抵抗もなく寝ぼけたマリスは受け入れる。

それは彼女がゼレクを犬だと思っているからで、男性としての彼を受け入れているからではない。

ゼレクも女としてのマリスを必要としていたわけではなかったから、今までそうして抱き合う行為にはただ穏やかな安堵や、たとえ犬としてであっても受け入れてもらえる喜びだけがあった。

そう、思っていた。

けれどフォルカーにおかしなことを言われたせいで、今は腹の奥底に奇妙なざわめきがあることに気付いている。

それはきっと、初めてマリスがゼレクに触れた時に種を落とし、初めてマリスが笑った時に芽吹き、ただそばにいて寄り添っている間にゆっくりと育ち、マリスを傷付けた男に報復せずにはいられなかったことでついに完全に根を張ってしまった何かだ。

フォルカーは「初恋か」と言った。

けれどゼレクは恋など知らない。

そんな人間でありすぎるものを、理解できるとも思わない。

だからそのざわめきが何であるかも、分からなかった。

「ああ、ほんとにつめたい……。さむかったねぇ、クロちゃん。もう、だいじょうぶ。ここは、あったかい、から、ね……」

まだ魔力が回復しきっておらず、休息が足りないのだろう。

途切れがちなかすれた声で言いながら、腕の中に潜りこんできたゼレクを抱きしめるマリスの細い手が、ほとんど力が入らないだろうに、ゆっくりと彼の背を撫でてから、包み込むように手のひらを当てる。

小さな体でせいいっぱい、冷えた彼を温めようとしてくれる。

冬の風吹きすさぶ外の世界から戻ってきた彼を、暖炉石にあたためられた陽だまりのようなこの部屋で、当たり前のことのように懐の奥深くへ迎え入れて。

たまらなかった。

こんなふうに、言われたことも、されたことも、ない。

だって、いったい誰が、化け物が寒い思いをしていることなんて気にするのか。

寒さも暑さも一人で耐えるのが当然だったのに、こんなふうに温《ぬく》もりを与えられることがこれほど心地良いことだなんて、ずっと、ずっと知らなかったのに。

鼻の奥がツンとして、じわりと視界がゆがむ。

すがりつくようにマリスの胸元に顔を埋めて、喉の奥から漏れそうになる情けない声を殺した。

どうすればいいのか分からなくて。

それなのに、分からないという、そのことさえ心地良くて。

「だいじょうぶだよ、クロちゃん」

いつかの夜にも、そう言いながらマリスが撫でてくれたような気がして、ゼレクはふと思った。

マリスを失ったら、俺は本物の化け物になる。

俺を気にする者などどこにもいない世界で、俺はきっと、最悪の化け物になる。

もしかしたら、その自由こそを、その解放こそを、俺はずっと求めていたのではないだろうか。

昏《くら》い目をしてすいと顔をあげたゼレクは、穏やかに上下するマリスの胸元に頬を寄せたまま、彼女の喉を見た。

その白い肌に歯を当て、血飛沫《ちしぶき》が散るほどの力で喰《く》らいつく己が姿を幻視した。

傷つけ壊すことしか知らなかった彼にとって、それを思い描くのはあまりにもたやすく、現実にすることも簡単なのだと分かってしまった。

けれど彼は、そんなことを考えながら自分が幾筋もの涙を流しているとは気付かず、それを指摘してくれる者も、そこにはいなかった。

太陽の光をカーテンに遮られた狭い部屋の小さな寝台から、やがて二人分の寝息だけが静かに響く。

＊＊＊＊

マリスの休暇は、他の魔術師が昏睡状態からなかなか回復しなかったこともあり、ずるずると延長された。

一日の休暇の予定だったのが三日になり、さらに五日に、七日に、と日数が増やされていく。

それを知らせる室長の手紙や、当たり前のように毎日部屋を訪れるジェドやフォルカーの話から推察すると、見込み通りに回復しない魔術師たちの体調を不審に思った軍医が、その普段の生活や仕事量まで調べ出した。そこで十七室所属の魔術師たちの過重労働が公になり、問題視されることになったらしい。

下っ端魔術師に魔道具の修理を丸投げし、面倒な仕事を押し付けていた上位の魔術師たちの責任が問われたり、乱雑な扱いで魔道具を次々と壊していた幾つかの部隊にも厳重な注意や処分が下されたりするなど、とにかく予想以上の広範囲で騒ぎになっているようである。

これで仕事量が適切に調整されて、本来の仕事である地脈の調査や気象災害への対策などに戻れると良いのだが、と思いつつ、まあ無理だろうな、とマリスは諦め気味だった。

地脈の状態もここ数十年ほど落ち着いているし、気象災害も最近はさほど起こっていないから、元から後回しにされがちなところなのである。

マリスとしてはそうした平時の情報を集めて、もしも異常が起きた時にすぐ分かるようにしておくべきだと考えているし、今以上に詳しい情報を集められるよう魔道具を改良したりする余地はまだまだあると思っている。

けれど、室長にいくらそれを訴えても「それは確かにそうだな」と書類片手にてきとうに頷かれて、「それよりこれ片付けろ」とまったく別の仕事を回されるのが常だ。

そうしてやるせない思いを抱えつつ、仕方のないことだということも分かっていた。

それでも隣国との戦争が起きる前、マリスが十五歳で王城魔術師として働き始めた頃は、まだそれなりに本来の仕事もさせてもらえていたのだが。

今は治安維持のために使われる魔道具の修理を誰かがやり続けなければならず、優先度の低い仕事をしているマリス達にそれが回されるのは、もはや必然となっていた。

でもそれを考えるのは、今でなくていい。

仕事のことなんて、仕事の時間になってから考えればいい。

今のマリスには仕事よりも大切な、彼女の犬が元気をなくしている、という大問題があるのだ。

「ご飯はちゃんと食べられるのになぁ。何がだめなんだろうね、クロちゃん。ずっと部屋の中にいるからかな？　お外行く？　前にひとりでお出かけしてきたこと、あったでしょ？　今度は私と一緒に出かけようよ。もしひとりの方がいいなら、途中からひとりで好きな所に行って、気晴らししてきてもいいし」

最近のクロは後ろからマリスを抱え込んで頭の上に顎を乗せているか、マリスの腕の中に埋もれるようにして顔を伏せているかのどちらかで、なぜか目を合わせようとしない。

そのくせマリスが食事の支度などの家事をしている時は、後ろからじいっと見つめる強い視線を感じる。

そしてどんなふうに声をかけても、玄関を指さして誘ってみても無反応のくせに、マリスが外へ出ようとすると嫌がって服を引っ張る。

いったい何がしたいのか、どうしてしまったのか、さっぱり分からない。

おかげで何年ぶりか分からないくらいの連休だというのに、のんきに喜ぶこともできず、クロの様子をうかがっては内心やきもきしてばかりいる。

「ジェドさんもフォルカーさんも、クロちゃんのことゼレクって呼んで人扱いするんなら、なんで元気がないのか話して聞き出してくれればいいのに。二人とも無理ですって即答するなんて、ひどくない？　せめてもうちょっと、一緒に考えてくれるくらい、してくれたらなぁ。助かるんだけどなー……」

唇を尖《とが》らせて一人ぶつぶつ文句を言いながら朝食の後片付けをする、休暇五日目。

毎日のように手土産持参でマリスの部屋を訪れる、第一師団の師団長補佐官と副長は、そのたびに真面目な顔でクロに何やら話しかけている。

小型の防音結界で音が漏れないようにしていることもあるから、マリスが聞いてはいけない機密事項まで口にしているらしいが、彼女の目から見るとじつに珍妙な光景である。

なにしろ第一師団の黒い軍服をきっちり着込んだ、いかにも冷徹な軍人らしい彼らが真顔で話しかけているのは、退屈そうな顔でそっぽを向いた犬なのだから。

はじめのうちは笑うのを我慢するのに苦労したマリスだが、それが数日も続くと、さすがに笑うに笑えなくなってくる。

この人たち、頭大丈夫なのかな、という面で心配になってくるのだ。

そしてまた、もしかして自分がおかしいのだろうか、という気持ちにもなってくる。

しかし、何度見ても、どう見ても、クロは黒い犬にしか見えない。

拾ったばかりの頃は痩せてケガをして、たいそうみすぼらしい状態になっていたが、一ヵ月ほどせっせと世話をしてあれこれ食べさせているうちに、今はなかなか立派な風体の大型犬として見られる姿になったように思う。とはいえ、やはり犬は犬である。

自分が幻術にかかっていないか、精神干渉系の魔術にかけられていないか、というのも調べてみたが、何度やっても何も引っかからない。

だからやっぱり、マリスにとってクロは『可愛いうちの犬』なのだ。

「おはようございます、ラークさん。今日もお邪魔します」

「はい、おはようございます」

朝からもう慣れたやり取りでジェドとフォルカーを迎え入れ、嫌そうな顔でそっぽを向いたクロに苦笑する。

そんなマリスに、今日はフォルカーがずしりと重い布袋を渡した。

「遅くなりましたが、本日はこちらをお受け取り下さい」

「えっ。な、何ですか、これ……？」

反射的に受け取ってしまったマリスは、嫌な予感に身を震わせる。

するとジェドが軽い口調で答えた。

「あのバカの世話代とか迷惑料とかの一部だ。あんまり深く考えずに受け取ってくれよ。あいつ、いちおう第一師団の師団長だから、軍の中じゃあそれなりに高給取りなんだけどな。金使わんから、無駄に貯《た》まってんだ。いやー、ようやく使い道ができて良かったなー」

「えぇ……？　そんな、クロちゃんは私が勝手に拾って一緒に暮らしてるだけですし、こんなに受け取れませんよ」

困惑したマリスが眉を下げて言うのに、ジェドが快活に笑う。

「あっはっは。嬢ちゃんは真面目だなぁ。俺だったらその倍額受け取っても、こいつの世話なんてしねぇぞ」

フォルカーも頷いた。

「まあ、いろんな意味で大変ですからね。なので、ラークさんにはこれからもよろしくお願いします、という意味でも是非とも受け取っていただきたいわけでして」

二人とも、マリスが持つ布袋を引き取ってはくれなさそうだ。

ここ数日、さほど高価ではない食材や果物やお菓子を貰《もら》っていたため、受け取り癖が付いてしまっていたようで、うっかり流れで受け取ってしまったのがまずかった、と内心で反省する。

ちなみに、マリスは気付いていないが、彼女の性格を見抜いたフォルカーが計画的にその流れを作って受け取らせたものである。

「ええと、これは師団長さまので、つまり、クロちゃんのお金なんですよね？」

二人に持ち帰ってもらうのは難しそうだと判断して、マリスは諦めた。

ずしりと重い布袋を、ベッドの上から動こうとしないクロの元へ持っていく。

「おう。とはいっても、ほんの一部だけどな。そいつ、何も考えずに貯めこんでっから、ガンガン使ってやって」

「そんな、無茶な使い方はできませんよ。ただ、クロちゃんに必要なものがあれば、買い足そうと思って」

言いながらクロの隣に座り、袋を開けて。

「う、わぁ……」

袋の見た目と重さ以上に、ギッチリ、みっちり、詰め込まれていた金貨にドン引きする。

「……やっぱりこれ、持って帰ってもらえませんか？」

ジェドもフォルカーも、笑顔で言った。

「大丈夫！　そいつの世話するんだから、それくらい貰わねぇと割に合わんって」

「ラークさんにはもう十分にご迷惑をおかけしていますからね。その程度では足りないくらいです。なんでしたらもう一袋、受け取っていただきたいくらいなのですが」

フォルカーが言いながら懐に手を入れるので、マリスは慌てて答えた。

「ま、待ってください！　そんな、受け取れないですよ。もう十分ですから、ええと、師団長さまのお金はそのまま貯めておいてあげてください。何かご予定がおありで貯めていらっしゃるのかもしれませんし」

「いやー、何もねぇと思うけどな。おい、ゼレク。お前、何か金使う予定あんの？」

三人から視線を向けられたクロは、隣に座ったマリスの膝に頭を乗せ、まるで興味無さそうに、くあ、とあくびをした。

「ほれ、何もねぇって。というわけで、その金は好きに使ってくれ。あ、ついでに言っとくと、こいつ魔獣素材とかも貯め込んでっから、必要なものがあれば貰って使うといいぞ」

「魔獣素材、ですか？」

首を傾げたマリスに、フォルカーが説明する。

「軍学校にいた頃、ゼレクは休憩時間や休日に魔獣を狩って売って学費や食費にしていました。ですが、大量に狩りすぎて引き取り拒否されたり、希少すぎて対価を支払えないから持って帰れ、と言われた素材が多数あるんですよ」

「ご自分で学費や食費を稼ぐために魔獣を狩っていたなんて、すごいですね」

「やらせていたのはジェドですが。なんでも六歳の時から森で魔獣狩りをさせていたそうで」

「おいこら、フォルカー。人聞きの悪いこと言うんじゃねーよ。俺はこの人のふりした猛獣が、どうにか人間として生きていけるように助言してやっただけだっつーの」

「だからといって、普通は六歳の子供に魔獣討伐はすすめないと思いますが。まあ、そのおかげでゼレクの魔獣討伐実績が大きすぎて、座学の成績が最悪でも退学にはさせられない、と教官達が頭を抱えてましたね」

　思いがけない話に、膝の上でうとうとしはじめたクロの頭をそっと撫でてやりながら、マリスが聞く。

「師団長さまは、座学が苦手だったんですか？」

「いえ、やる気がまったく無いだけです。教本は一回目を通しただけで覚えていたようですし、教官の話もちゃんと聞いているのに、試験でそれを示さないんですよ。面倒くさい、と」

「本当にな、マジでやる気だけが無いんだよな。だから気まぐれに回答した問題は全問正解。教官達も腹立っただろうなー。あ、でも、実地訓練は別か」

「ああ、実地訓練は別でしたね。特に対人戦闘の訓練は、相手を殺さないように手加減をしろ、と躾《しつ》けるのが本当に難しくて。教官達が軒並み重傷を負ってはゼレクの治癒魔術で治される、の繰り返しで、心が折れた教官の退職願が学長の机に山積みになったとか」

「そうそう。だから最終的にゼレクだけ対人訓練は免除されたんだよ。最初からそうすりゃいいって、俺、教官に何度か言ってやったんだけどなぁ」

「仕方ありませんよ。対人訓練のみとはいえ、免除というのは前例がありませんでしたからね」

救国の英雄の、思いがけない昔話が次々と出てきた。

ジェドは幼い頃から、フォルカーは軍学校からだと聞いたが、彼らは本当に長い付き合いなのだなと、どこか微笑ましく思う。

そんなマリスの膝枕で、いよいよ本格的に寝入りそうになっていたクロに気づき、ジェドが叩き起こした。

「おい、ゼレク。朝っぱらから寝ようとすんじゃねぇ。そろそろ仕事すんぞ」

クロの腹に軽く膝蹴りを入れ、チッと舌打ちして「防御壁か」とつぶやく。

蹴られたはずのクロは、微動だにせず知らん顔だ。

ジェドは慣れた様子で手加減しているようだが、マリスはその乱暴なやりとりをハラハラしながら見守る。そこへ、フォルカーが声をかけた。

「長話になってしまってすいません。ラークさんは、今日はお出かけのご予定だったのでは？」

「あ、はい。久しぶりに杖《つえ》の調整をお願いしようと思っていて」

魔術師は杖無しでも魔術を使うことができる。

しかし、繊細な魔力操作が必要な時や、大規模な魔術を行使する時、杖は補助具として重要な役割を持つ道具だ。咄嗟《とっさ》に魔術で防御したり、攻撃したりしなければならなくなった時も、杖があれば魔術が安定して使えるから、魔術師にとって大切な相棒でもある。

フォルカーが頷いた。

「ああ、それは大事な予定ですね。店はどこの通りですか？」

「三色ガラス通りです」

「なるほど、あの通りは杖の老舗がいくつかありましたね。ただ、少し奥まった所ですから、明るいうちに行っておいた方がいい」

「はい。来る時は午前中にするようにと、お店の方にも言われています」

「良心的な店員のいる店のようですね。良ければ私かジェドがお供させていただきますが」

「いえいえいえ！」

さらりと申し出られ、マリスは慌てて首を横に振った。

第一師団の副長も団長補佐官も、気軽に買い物の供にできるような人達ではない。

「杖の調整だけしてもらって、今日はすぐ帰ってきますから。一人でも大丈夫です。あ、でも、少しだけ市場に寄ってきますね。クロちゃんの好きな厚切り肉の煮込みに使うスパイスが、残り少ないので」

何の気なしに付け加えた言葉に、ジェドとフォルカーが目を丸くした。

「え？　は？」

何を言われたのか分からない、という顔のジェド。

「ゼレクにも味覚があったんですか……？」

ちょっと呆然《ぼうぜん》とした顔で言うフォルカー。

二人の反応に驚きつつ、マリスは頷いて答えた。

「味覚は普通にあると思いますよ。好きなものを食べるときは尻尾を振ってますし、嫌いなものの匂いには、耳をぺたーんと伏せて嫌がるんです」

可愛いですよね、と和やかに微笑むマリスを、異次元の生物を見るように副官たちは眺めた。

「尻尾、振ってんのか……」

「耳を、伏せる……？」

つぶやきながら、遠い目になる。

ジェドが小声で聞いた。

「フォルカー、お前、分かる？」

「そんな特殊能力、あるわけないでしょう。私にはゼレクが犬に見えたことはありません。分かるとしたら、付き合いの長いジェドの方では？」

「いやまあ、幼馴染みではあるけど。ゼレクに好き嫌いがあることすら今初めて知ったんだぞ、俺。そもそもこいつ、魔獣の生肉食って腹壊さんバケモンだし。味覚があることですら驚きの新発見」

「私達の方が付き合いは長いはずですが、ゼレクの生態に一番詳しいのはラークさんでしょうねぇ」

うんうん、と頷いて、二人は追及するのをやめた。

マリスはゼレクの好物を厚切り肉の煮込みだと思っているようだが、今までのゼレクを知っている二人からすると、言葉が足りないだろうと察したのだ。

それは『マリスが作った』厚切り肉の煮込み。

つまり、好物でゼレクを釣って動かすのは、おそらくマリス以外では不可能だろう、ということ。

なんだか惚気《のろけ》を聞かされた気分だな、と思いつつ、フォルカーが言った。

「必要な食材があればいつでも手配しますので、教えてくださいね。今日は天気も良いですし、気分転換に市場へ寄り道するのもいいでしょう。ただ、市場は人出が多いでしょうから、どうぞお気をつけて」

「はい、ありがとうございます」

礼を言って、マリスは膝の上から動こうとしないクロをなだめてするりと抜けだすと、愛用の杖とカバンを持ってドアの前に立つ。

「できるだけ早めに戻りますので、クロちゃんをよろしくお願いします」

「おう。気をつけて行ってきなー」

ベッドの上からじいっと見つめてくるクロの眼差しに後ろ髪を引かれつつ、ひらりと手を振ったジェドにも見送られて、マリスは部屋を出た。

「ゼレクの手からあんな簡単に逃げられる人間、初めて見たわー。相手が魔獣でも人間でも、一回捕まえたらその瞬間に仕留めてた腕前はどこに行っちまったんだ？　また行方不明か？」

「相手がラークさんだからでしょう。ちょっと撫でられただけで骨抜きになってますからね。彼女にとっては簡単なことのようです。さて、それではこちらも仕事を……、ゼレク、拗《す》ねてないで起きなさい」

「あ、こいつ、また毛布の中に嬢ちゃんの寝間着隠し持ってやがる！　特殊性癖の次は変態行為かよ！　ああ、やめろ！　聞こえないふりして顔突っ込むんじゃねぇ！」

出かけた後そんな騒動があったことを、マリスは幸いにも知らないで済んだ。

住宅街から乗合馬車に乗ったマリスは、御者に料金を払って中央広場で降りた。

朝の中央広場は仕入れたばかりの品を売る商人たちと、それを買いに来る人々で大《おお》賑《にぎ》わいだ。

「今朝の飛行便で届いたばかり！　新鮮な魚だよ！」

保冷箱に凍結属性の小さな魔石を敷き詰め、その上に新鮮な魚や貝、エビやカニを売る商人が声を張り上げている。

彼の隣には陶器の壺《つぼ》に灰を詰めて暖炉石を置き、その上の金網で貝を焼いて売っている女性。

買い物客が香ばしい匂いにつられて立ち寄れば、さらに隣で露店を出す香辛料の商人にも捕まる。

主要都市を結ぶ交通路がきちんと整備されているこの国では、人口の多い王都でも、絶え間なく周辺都市から送られてくる食材が人々の胃袋を満たしている。

大型の魔道具を動力源《エンジン》とする飛行便で輸送された物はやや高いが、商人たちは一度に大量の品を運ぶことで費用を抑え、どうしても手が届かないというほど高価にはしない。

おかげで買い物客も気軽に言う。

「まとめて買うから、ちょっとおまけしてよ」

そうした平凡で賑やかな日常の中を、ほっと安堵しながらマリスは通り抜けていく。

ここ数年、王城の一室にこもりきりで、ずっと戦時中のような忙しさで働いていた。

そのせいで深夜か早朝、手紙で頼んでいたものを受け取る、という買い物しかできなかったし、たまに昼間に一時抜け出せたとしても、戻る時間を気にして平和な日常をゆったり味わう余裕などなかった。

中央広場の賑やかな市を歩く休日は、もう戦争は終わったよ、とやわらかくマリスの肌身に教えてくれる。

「あ、古書屋さんだ」

多くの露店の中、埋もれるようにひっそりと古びた本を数冊並べ、足元に重そうなトランクを置いた老人。

魔術師の癖でつい古書屋を探してしまうマリスは、驚きに目を見開いた。

たまに市場に現れる彼らは、表に並べた本で客を引き寄せ、相手を吟味して、認めた者にだけ足元のトランクを開いてくれる。

彼らのトランクは魔道具の一種で、奪ったり、無理やり開いてひっくり返したりはできない。

そして稀《まれ》に、とんでもなく珍しい魔術書が出てきたりする。

「……う。ダメダメ。クロちゃんが待ってるし、三色ガラス通りは早めに行かないと」

ふらりと古書屋に踏み出しかけた足を戻し、自分に言い聞かせるようにつぶやく。

マリスは目的の一つであるスパイスを買うと、歩調を早めて中央広場を抜け、細い路地に入っていった。

＊＊＊＊

「ありがとうございました」

初めて杖を買った時から世話になっている杖職人に礼を言って、マリスは店を出た。

古書屋の誘惑を振り切った後も、見たことのない魔道具を使って大道芸を披露している人や、珍しい種類の魔獣を肩に乗せた魔術師や、ショーウィンドウに飾られた精巧な魔術的仕掛けを仕込まれたアンティークの小箱など、興味を引かれるものは多々あれど。

なんとか寄り道をせずに目的の店へ行き、無事に杖の調整を終えた。

昼食前には帰宅できそうな時間に用事が済んでホッとしたマリスは、人気の少ない三色ガラス通りを早々に抜け、表通りに近い路地まで来たところでドンと肩をぶつけられて驚いた。

「おっと、ごめんね。大丈夫かい？」

明るい声で謝った男が、傍目《はため》には親切にたずねてくる。

しかし、確かに避けたはずのマリスに、この男はわざとぶつかってきたのだ。

「……大丈夫です。お気になさらず」

警戒したマリスが固い声で言って身を引くも、男は追うように踏み込んでくる。

「そんなに怖がらないで。君がケガをしていないか、心配しているだけだよ」

嘘くさい笑顔で距離を詰められるのを、後ずさりして避ける。

片手を調整したばかりの杖へ伸ばそうとして、けれど不意に背後から嫌な気配を感じた。

「……ッ!」

振り向いた瞬間、一歩後ろにあった細い脇道に、魔封じの腕輪を持った別の男が待ち構えていたことに気づき。捕まる、と息をのんだが、その男はマリスに触れる前にぐしゃりと崩れ落ちた。

「はっ? な、なんだ⁉」

不気味な笑顔でマリスを前から追い込んでいた男が狼狽《ろうばい》していると、いつの間にか倒れた男の傍にいた黒い犬が、のっそりと動いた。

驚きで動けないマリスにぴたりと寄り添い、気圧されて微動だにできない男を金まじりの琥珀の目がとらえる。

「う……っ」

額にびっしりと冷や汗を浮かべた男と同様に、たまたま近くにいた通行人も含めてすべての人が凍りついたように固まる。

そうして一言も発することなく瞬間的に場を制圧したクロは、視線だけで周囲を観察した。

「え？　クロちゃん？」

この場でただ一人、マリスだけが不思議そうに首を傾げる。

クロはその細い腕に頬をすり寄せると、転移魔術でマリスを帰宅させた。

「あれ？　え、どうして、私の部屋……？」

混乱したマリスに、一人部屋に残っていたジェドが言う。

「おー。おかえり、嬢ちゃん」

「た、ただいま戻りまし、た？」

「なんでそんな驚いてんだ？　嬢ちゃん、前にもゼレクの転移魔術で王城から帰ってるだろ」

「ええ！　転移魔術で!?　そんなこと、ありましたっけ？」

さらに驚くマリスに、元部下が暴走して魔道具を無理やり使わせた時のことだ、とジェドが教える。

「ああ、それで知らないうちに帰ってたんですね、私……。師団長さまが、いえ、えっと、クロちゃんが師団長さまで、あの場から助けてくださって、転移魔術で連れ帰って、もらって……？　あれ？　転移魔術って、魔法陣も呪文の詠唱も無しに、個人で使えるものでしたっけ？」

転移魔術は難易度が高い。

魔術に熟達し、高精度な空間把握能力を持っていれば使えるらしいと本で読んだことがあるが、それは魔法陣や呪文の補助があることを前提とした話だったはずだ。

そのため転移魔術を封じた転移石という魔道具は、ものすごく高価である。

今度は魔術師としての疑問で首を傾げるマリスを、同情の眼差しで見つつジェドが答えた。

「まあ、うん、普通はそうなんだけどな。ゼレクだからな」

「ええ……、そんな一言で……、えええ……？」

普通ではありえないことを一言で済まされ、マリスは困惑する。

そこへクロが戻ってきて、彼女の無事を確かめるようにぐるりとその周りを歩き、傷一つないことに満足した様子でまたぴたりと横に寄り添った。

「遅かったじゃねぇか、ゼレク。意外としっかり番犬やってるみてーだが、お前、やりすぎてねぇだろうな？」

いまだ困惑したままのマリスに、それでも「助けてくれて、ありがとうね、クロちゃん」と礼を言われながら頭を撫でてもらい、上機嫌な犬は幼馴染みの言葉に返事などしない。

いつものことではあるが、とため息をついたところで、部屋の外に出ていたフォルカーに呼ばれた。

「ジェド。ちょっと来てください」

「おう」

軽い返事で応じ、ジェドが部屋を出る。

なんとなくその背を見送ったマリスは、パタンと閉まった玄関扉から手元に視線を戻して、ふと気がついた。クロを撫でる自分の手が、震えていることに。

「あ……」

すべてが突然で、驚きと混乱の中、何を考える間もなく通り過ぎてしまった。

けれど今日、マリスは見知らぬ人に狙われ、魔封じの腕輪で捕らわれて連れ去られてしまうところだったのだ。

改めて認識すると、一気に恐怖に襲われる。

ざあっと音を立てて血の気が引き、めまいを起こして崩れ落ちそうになるのを、けれどぐっと力強く支えてくれる存在があった。

「クロちゃん」

金まじりの琥珀の目が、じっとマリスを見つめている。

黒い毛並みはやわらかく、触れる体はあたたかい。

ずっと、自分が守る側だと思っていたのに、二度も彼に助けられた。

救国の英雄の名で呼ばれる、不思議な犬《ひと》。

ぼうっとしたマリスの唇から、言葉がこぼれた。

「私、何もできなかった。戦う訓練も受けた魔術師なのに。調整したばかりの杖もあったのに。それなのに、動けなくて……」

それ以上は言葉が音にならなかった。

うつむき、体を丸めて肩を震わせるマリスに、どこか途方に暮れた顔をした大きな犬がぴったりと寄り添う。

「……クロちゃん」

襲われて怖かったし、今も怖い。

でも、体の震えは寄り添うあたたかさの中で、ゆっくりと収まっていった。

「助けてくれて、本当にありがとう」

どうにか顔を上げて動けるようになったマリスは、落ち着くまで寄り添っていてくれた大きな黒い犬を抱きしめて、ささやくように言った。

「傍にいてくれて、ありがとう」

腕の中の大きな犬が、かすかに身を震わせた気がした。


一方、マリスの部屋の前。

魔術によって姿と声を隠した副官たちが密談する。

「ラークさんの護衛と本部から連絡が来ました」

ジェドを呼び出したフォルカーが言う。

「ゼレクがラークさんを捕まえようとした者を捕縛し、実行犯二人と関係者と思われる男三人を『鳥かご』送りにしたそうです」

元部下をわざわざ地下牢まで赴いて半殺しにしたことから、マリスがゼレクの逆鱗《げきりん》であることは明白。

副官たちは当然、マリスに護衛を付けていたが、今回はゼレクが早かった。

このため彼らに護衛としての出番は無かったが、起きたことを速やかに正確に報告し、その任務を全うしている。

それを聞いたジェドは、呆れと諦め混じりのため息をついた。

「おおう……。最近どう見ても愛玩犬、つーかヒモ状態だったから、ちゃんと番犬してんのはいいが。いきなり『鳥かご』送りとは、あいつ容赦ねぇな」

彼らの言う『鳥かご』とは、第一師団の中でも薬学に特化した知識を持ち、好奇心旺盛で実験大好きな尋問役たちの部屋にある檻《おり》のことだ。

この尋問役たちは、そこに入れられた『鳥』を『歌わせる』ことがとても上手《うま》い。

「捕縛の際に一人、実行犯が両足の骨を砕かれたようですが、その男は魔封じの腕輪を持っていたそうなので。無差別に襲われたとしても怒ったでしょうが、ラークさんが狙われてこの結果なら、ゼレクはまだ我慢した方ですよ」

「両足砕いた後に『鳥かご』送りってんだから、俺には何をどう我慢したのかさっぱり分からんが。まあ、襲ってきた奴らをいつも瞬殺してるのを考えれば、生け捕りにした分、まだマシか」

「捕らえられた連中にとっては、殺された方がマシだったでしょうがね」

「あっはっは。そりゃそうだ。王都の治安維持は軍の仕事じゃねーのに、うちの『鳥かご』に入れられちゃあな。ま、恨むならあの嬢ちゃんを狙っちまった自分たちの不運を恨んでくれ、ってとこだが」

軽く笑ってから、ジェドは目を細めてフォルカーを見る。

「それで？　管轄違いのクズを捕まえちまったゼレクに、珍しく小言無しの副長どのは何を企んでる？」

「王都内の魔術師誘拐であれば、管轄外ですが。国外にも及ぶ大規模な魔術師の人身売買組織を摘発するための捜索、となれば、我々の役目でしょう？」

「あー、しばらく前から調べてたあれか。ん？　ゼレクの捕まえてきた奴って、マジで関係者？」

フォルカーはにっこり笑った。

ジェドは口の端が引きつった。

「……お前がそうやってゼレクの功績にしてガンガン評価上げちまうから、あいつの一強状態がますます悪化すると思うんだが。あの件、ほぼお前一人が直属の遊撃部隊の連中動かして進めてるやつじゃねぇか。上に目ぇ付けられるのが嫌だからって、ゼレク巻き込んであいつの功績上乗せすんじゃねーよ」

「英雄の名声がほんの少し高まる程度、さして変わりありませんよ」

「そーかなー？」

半眼で見てくるジェドに、フォルカーはさっさと背を向けた。

「さ、我々も仕事に戻りますよ。ゼレクのサインが必要な書類はまだありますからね」

この件について、これ以上話す気は無いらしい。

ジェドが「へいへい」とため息まじりに応じたところで、マリスの部屋の玄関扉が開いた。

「ゼレク？」

妙に険しい顔をしたゼレクが出てきて、扉を閉める。

「マリス嬢は？」

「眠らせた」

「何か気になることでもあるのか？」

ジェドが聞くのに数秒の沈黙。

ゼレクが口を開いた。

「今、上は」

現在の国の上層部の動向が知りたいのだろう、と副官二人は察する。

そして、周囲のことなどまるで無頓着なくせに、珍しいことがあるものだと、思わず顔を見合わせた。

とりあえず、フォルカーが答える。

「当たり前のことですが、あなたに早く仕事に戻れと言いたい人ばかりですよ。それと、とくに国王陛下はラークさんにも興味を示していらっしゃるようです。あなたと一緒に登城させるよう命じようとするのを、宰相閣下が止めてくださっています」

「話したのか？」

ピリッと緊張が走る。

金まじりの琥珀の目に苛立たしげに睨まれたフォルカーは、こちらも冴《さ》え凍る青の目を細めて睨み返した。

「自分がどういう状況で王城に姿を現したか、忘れたんですか？　こちらから報告せずとも、窮地のラークさんを助けるためにゼレク・ウィンザーコートが現れたと、もう上層部は把握済みですよ」

「まぁまぁ、二人とも落ち着けよ。んで、ゼレク、なんで急にそんな殺気立ってんだ？」

睨《にら》み合《あ》いに割って入ったジェドが聞くと、ゼレクは言う。

「マリスが狙われる」

「はーん。さっきの連中が上と繋がってるんじゃないかってんだな？　ちょっとでもお前を知ってれば、マリス嬢にはむしろ手を出さんようにすると思うけど。まあ、どこにでもバカはいるもんだからな。お前が気にしてるのは分かった。それについてはこっちで調べとく」

ジェドが引き受けると、緊張を解いてゼレクが頷いた。

そういえば、とこちらも意識を切り替えたフォルカーが言う。

「しばらく前から陛下が贔屓《ひいき》にしている異国の魔術師がいる、という話がありましたね。その男が来てから、陛下が妙にウィンザーコート師団長を気にするようになった、とかいう噂です。もしその魔術師が本当にゼレクを気にしているのであれば、当然、ラークさんにも目を向けるでしょう。ゼレクの感覚に引っかかったのは、その辺りですか？」

「そんな噂あったっけ？　相変わらず、お前の情報網が怖すぎるんだが」

嫌そうな顔をするジェドに構わず、ゼレクがフォルカーに言った。

「手を出すな」

「なるほど、そこなんですね」

「……」

「そう睨まずとも、自分から首を突っ込む気はありませんよ。火の粉が飛んできたら払いますが。それに、異国の魔術師についても、あまり権力を持たないよう宰相閣下が抑えていてくださいますから。しばらくは猶予を貰えるでしょう。ただし、この状況をずっと続けられるとは思わないでください」

フォルカーが警告し、ジェドが頷く。

「そうだな。陛下はゼレクとマリス嬢に会いたがってる。宰相閣下が止めようにも、いずれ限界はくるだろうし。近いうちに呼び出されるんじゃねぇか」

「いいですか、ゼレク。ラークさんを連れてまた姿を消そうとは、考えないでくださいね。もしそんなことをしたら、おそらくラークさんが英雄を誑《たぶら》かした悪女として国に睨まれることになります。今はとにかくおとなしくしておいてください」

ゼレクは答えず、無言でマリスの部屋に戻っていった。

副官二人はその背を見送り、揃ってため息をつく。

「ありゃあ何か、やらかすぞ」

「分かっているなら止めてください」

「無理」

「そうでしょうね……」

遠い目をするフォルカーの肩を、苦笑したジェドがぽんぽんと叩いた。

四章　突然の嵐

休暇六日目の昼下がり。

「ラークさん、すいません、またお邪魔します」

マリスが昼食の片付けを終えてクロのところへ戻ろうとした時、ジェドとフォルカーがいつもより慌ただしい様子で訪れた。

「はい、どうぞ」

鍵を開けて二人を招き入れようとすると、彼らは部屋に入ろうとはせず、マリスに今すぐ外出の支度をしてくれという。

しかもマリス一人ではなく、クロも連れて、これからどこかへ行かなければならなくなったらしい。

「支度ができたら事情をお話ししますので、まずはご用意をお願いします」

どこか緊張した様子のフォルカーに言われ、これは拒否できない種類のやつだな、と察してマリスは「分かりました」と頷いた。

彼らよりも地位は低いが、マリスとてままならぬ宮仕えの身である。

この仕事には上の都合に振り回されることが多々あるのだと、自分の経験から嫌というほど知っていた。

元より休暇が明けたら出勤するつもりであったから、外出の準備ならすぐにできる。

いつもの王城魔術師としての濃紺の制服を着て臙脂色のローブに身を包み、腰の革製ホルダーに愛用の杖がおさまっているのを確認。

玄関横にかけた鏡の前で身支度が整ったのを確かめてから、玄関を開けて二人を部屋に入れた。

「休暇中なのに、毎日お邪魔して申し訳ありません。しかし今回は、だいぶ上からの命令でして」

フォルカーだけでなく、ジェドもやや緊張した面持ちであることから、その上というのがマリスの想定より、もっと高いところであるらしいと分かる。

つられて緊張したマリスに、後ろからそっと、慣れたぬくもりが寄り添った。

のす、といつもの調子で頭の上に顎が乗り、マリスの唇に思わず笑みが浮かぶ。

本当に、大きな犬だ。

それに、優しい子でもある。

今のはきっと、マリスが緊張したのを感じ取って、味方しに来てくれたのだろう。

案の定、クロに睨まれたらしいジェドとフォルカーが顔を見合わせ、フォルカーがさっと手を振って防音結界を張ると、ため息をついたジェドが言った。

「国王陛下からの命令だ。ゼレクと嬢ちゃんに、西離宮へ来い、だと」

思ったよりずっと上だった。

国王陛下、と聞いて目を丸くしたマリスに、ジェドが謝る。

「いきなりで驚かせてすまんな、嬢ちゃん。ゼレクには話してあったんだが、これでも猶予期間を貰えた方なんだ。国王陛下はゼレクが見つかってからずっと、嬢ちゃんと一緒に登城するよう命じようとなさってたらしいんだが、宰相閣下が止めていたそうでな。会う場所が王城じゃなく西離宮なのも、たぶん宰相閣下の配慮だ」

ゼレク・ウィンザーコート師団長は救国の英雄。

彼の隣を歩けば、マリスは良くも悪くも人々の注目を集めてしまうだろう。

その影響を少しでも抑えようと、宰相は王城ではなく西離宮への呼び出しにしたらしい。

なるほど、とマリスは頷いたが、フォルカーは思案顔だ。

銀縁フレームの眼鏡の位置を直しながら、つぶやくように言う。

「ただ、なぜ西離宮なのか、理由が分かりません。人目を気にするなら、他にも場所はあるはずです。西離宮には静養中の第一王子が滞在中だというのに。体調のすぐれない王子の元に、どんな騒動を起こすか知れないゼレクを呼ぶのは、何らかの理由があるのではないかと思うのですが……」

「ああ、あの王子の静養も、けっこう長引いてるよな。戦後すぐだっけか？　西離宮に引きこもったの。初陣のショックがどうたらとかいう話だったが、あの人、戦場なんか出てねぇのにな。あんな後方にちょっといただけで、何のショックを受けるってんだ？　王太子にしちゃあ脆すぎだろ。静養があんまり長引くなら、第二王子が出てくるかもしれんな」

「まあ、そうですね。何番目の王子が王太子になろうと、我々にはそう影響はないでしょうが。とくに今の宰相閣下は、陛下の手綱を取るのがお上手な能吏ですし」

「いや、陛下の手綱とか、宰相閣下を能吏とか、お前……。あの人、陛下の弟君だろ？　臣籍降下して公爵になってるとはいえ、もうちょっと言葉に気を付けろよ」

呆れたように言うジェドに、珍しくフォルカーが眼鏡の奥で青い目を驚いたように瞬《まばた》かせた。

「おや。ジェドからそんな注意を受けるとは、心外ですねぇ」

「うるせぇよ。どうせ俺はたまに表でも言葉遣い間違える間抜けだ。自覚はあるしこれでも気を付けてんだ、だからそうチクチク言うんじゃねぇっつの」

目の前で話されるので聞いてしまったが、今のは自分が耳にしても許される会話だったのだろうか、とマリスは無言で思った。

当たり障りのない表情を浮かべて黙っていたが、国の上層部の裏事情とか全力逃走したいレベルで関わりたくない。

そんなマリスの無言の主張が聞こえたわけでもないだろうが、会話に置き去りになっていた彼女に気付いたフォルカーが声をかけてきた。

「ラークさんは宰相閣下とお会いしたことはありますか？」

「王城魔術師の任命式に列席されていたような記憶がありますが、個人的な面識はありません。私は王城魔術師とはいえだいぶ下位の方ですので、雲の上の御方、ですね」

そうでしたか、と頷いて、フォルカーが教えてくれる。

「今回の陛下への謁見には、宰相閣下も同席してくださるそうです。あの方は陛下の弟君、つまり先王陛下の第二王子で、幼い頃から優秀だったそうです。そして、そのために現王陛下との権力闘争が起きないよう、早々に臣籍降下して宰相の元で官吏としての経験を積まれ、現在の宰相位にまで自力で上り詰めた実力者ですからね。出自が出自ですが、それを笠《かさ》に着て偉ぶるようなこともなさいませんし。昔、大病を患ったとかで、今でも時々体調を崩されて休まれることがあるのですが、貴族院ですらそれを理由に宰相位から外すこともできないほどの御方です。いざという時に頼りにしていい方ですから、あの方が同席しているかぎりは安心して大丈夫ですよ」

「それは……、凄い方なんですね」

宰相カイウス・セレストル。

以前、ウィルから彼についての話を聞く機会があったので、多少のことはマリスでも知っている。

その時もたまに体調を崩して休むことはあるものの、それでもできるだけ長く宰相位にいてもらいたいと言われるほどの人物なのだという話だったが、どうやら本当にかなりの実力者であるらしい。

素直に感心したマリスに、フォルカーが頷いた。

「まったくです。陛下より王に相応しかったのではないかと、いまだに囁《ささや》く声があるくらいですよ。しかしあの方は、宰相位にありながらだいぶ影の薄い方でもありましてね。おそらく迂闊なことをして権力闘争の舞台に引きずり出されないよう、わざと存在感を消しているのでしょう。子供が生まれた時の騒動を懸念されているせいか、一度も結婚せず独身のままですし」

わざと存在感を消している、という言葉に、なるほど、と腑《ふ》に落ちるものがあった。

マリスも王城に勤めているため、何かと話題になりやすい上層部の話は人々が噂しているのを聞くことがある。

しかし宰相の噂話というのは、ウィルから聞くまでほとんど何も知らなかった。

おそらく、噂されるようなことを起こさないよう、身を慎んで裏方に徹しているからだろう。

それだけでも人柄が感じられるように思ったが、同時に、敵に回した時は、王より怖い人かもしれない、という印象も抱いた。

「そういや宰相閣下の結婚って、たまに見合いの話が出ては必ず煙のように立ち消えになるってんで、一時期誰かが何かトラウマでもあるんじゃないかとか言ってたなぁ。まあ、どこにでも変人はいるもんだ、っていう結論で終わったけど」

と、なぜかジェドがオレンジ色の目で物言いたげにクロを見ながらつぶやいた。

ジェドとフォルカーが、クロのことをゼレク・ウィンザーコート師団長という人だと思っているのは認識しているので、その人も変人と思われるような性格なのかもしれない、とマリスは思う。

彼女から見たクロは、ちょっと手がかかるけれど可愛い犬だから、よく分からない話なのだが。

そうしていまだに『うちの犬のクロ』と『救国の英雄ゼレク・ウィンザーコート』が頭の中でうまく繋がらないマリスが首を傾げていると、ポケットから懐中時計を取り出して時間を確認したフォルカーが言った。

「すいませんが、ラークさん。あまり時間がありません。まだゼレクの支度もしなければなりませんし。本当はもう少し詳しく話しておきたいところですが、ご同行願います」

ゼレクの支度と聞いて、犬の支度って何？　と内心で思いつつ「はい」と頷いたマリスとクロを連れ、ジェドとフォルカーは第一師団の拠点へ移動する。

その時、慣れた様子でフォルカーが転移石を作動させるのを見た彼女は、はじめて彼らが第一師団の人間であることを実感した。

難易度の高い転移魔術を封じているため、「使い捨てでこの金額なの⁉」とマリスなどの下っ端魔術師には恐れおののくしかないそれを、何の頓着もなく軽く使用できるとはさすが第一師団。きっと予算額の桁が違う。

そうしてマリスにとって身近な魔道具という物の価値で彼らの所属先を改めて認識させられつつ、そのあまりに無造作な使い方に唖然《あぜん》としているうちに、彼女はいつの間にか自室から第一師団の拠点の一室へと転移していた。

＊＊＊＊

「おとなしく支度するならすぐにラークさんのところへ戻れますし、次の差し入れはラークさんのお好きな焼き菓子にしますよ」

マリスから引き離されるのを嫌がってぴったり張り付くクロにフォルカーがそう告げたとたん、黒い犬は無駄のない素早い足取りで隣室に消えた。

「クソ扱いやすい……、あれ本当にゼレクか……？　……俺たちの今までの苦労は、いったい何だったんだ……」

マリスの隣に残ったジェドが、なぜか額に手を当ててがっくりとうなだれている。

彼らの言うゼレクという人を知らないので、マリスは何と声をかければいいのか分からない。

そしてほとんど数分も経たないうちに、また素早い足取りでクロはマリスの元に戻ってきた。

彼女には黒い犬の支度というものがさっぱり分からなかったが、フォルカーが彼らと同じ軍服を着せたのだと、なぜかこちらは生ぬるい眼差しでまたぴったり寄り添ってきたクロを見ながら説明してくれた。

さすがにいつもの服で国王と宰相の前に連れて行くわけにはいかないから、と。

そう言われて、服、着替え？　と、何かがマリスの頭に引っかかったような気がしたが、それよりもクロが首輪をしたままなのを見て「あれ？」と首を傾げた。

「フォルカーさん、クロちゃんの首輪、外さなくていいんですか？」

「ゼレクが嫌がるので外すのは無理です。それに、陛下にも宰相閣下にも、我々が何を言うより、今現在のありのままの彼を見ていただいた方がいいでしょう。今回の謁見は非公式のものですから、人払いもされていますし」

それでいい、のだろうか？

マリスには判断がつかなかったので、曖昧に「そうですか」と頷き、もはや完全なる諦めの境地にあるような顔をして「じゃあ行くか」と促したジェドに連れられてクロと一緒に部屋を出た。

そうして歩いていくうちに、緊張で体が強張っていくのを感じる。

なんといっても、これから国王陛下との謁見に臨むのだ。

王城魔術師とはいえ、まだ若い女性で孤児院出身という、最下位としか言いようのない位置にいるマリスにとって、国王は本当に遠い、雲の上の存在だ。

フォルカーに、宰相が同席するから安心していいと言われても、どうしたって緊張してしまう。

というか、マリスからすると宰相閣下だって雲の上の存在で、緊張する相手である。

しかも第一師団の拠点の一室にある魔方陣を使って転移魔術で西離宮まで行くというのだから、移動時間中に心の準備をすることもできず、マリスは言われるまま歩かされていくうちに美しい白亜の宮殿の中にいた。

自室から第一師団の拠点への移動もあっという間だったし、ここに至るまでの時間があまりにも短すぎて、頭と心がついていけていない。

それでも指示されると、体は動く。

「陛下は中庭でお待ちになっておいでです。どうぞこちらへ」

侍従に案内され、ジェドとフォルカーに促されて、彼らに先立ちクロと並んで赤い絨毯《じゅうたん》の上を歩いてゆく。

王城と同じように、王家の聖始祖と伝えられる神獣、黒狼の絵画や彫像があちこちに飾られた西離宮は、小高い山に囲まれた湖のほとりに建つ宮殿だった。

王都からどれくらい離れているのかマリスには知りようもなかったが、周囲の山に冬の寒風が遮られたこの地の気候は温暖で、喧騒《けんそう》を離れて休養をとるには最良であろう静けさに満ちている。

「陛下」

侍従に連れられて中庭に出ると、間もなく美しくしつらえられた庭園の中の東屋《あずまや》に辿り着いた。

王都では草さえうつむく寒さだが、冬でも温暖なこの地では、色濃い緑の常緑樹の葉の下で淡い彩りの花々が可憐《かれん》に咲いており、春夏とはまた違った趣を宿して見る人の目を楽しませている。

そしてその庭園の中の東屋に座っていた三人のうち、侍従の呼びかけに二人の老齢の男性が振り向いた。

「ああ。……来たか」

連れられてきた四人を見て、頷き応じた奥の男性が国王なのだろう。

顔の皺《しわ》や丸まった背中、色素の抜けたぱさぱさの灰髪のせいでずいぶんと疲れて年老いているように見える。

しかし、傲岸さのただよう威圧感を持つ支配者然とした空気を自然と身に纏うその姿は、確かに王者のそれだった。

マリスは半歩後ろに控えたジェドやフォルカーにならって礼をとる。

しかしその時、ずっとマリスの横に寄り添っていた黒い犬が、無遠慮に前に出た。

「俺はお前に跪《ひざまず》かない」

どうしてか聞き覚えのある、知らない声が低く響いた。

いつ聞いたのか記憶がおぼろげで、すぐには思い出せない。

けれど悠長に記憶をたぐっている間もなく、そばで同じように礼をとっていたジェドとフォルカーが慌てたように腰を浮かせた。

それでようやく、今のがゼレク・ウィンザーコートという人の声なのだと分かる。

不思議だった。

マリスには相変わらず、黒い犬の姿にしか見えないのに。

そして国王への恭順を放棄したその犬は、マリスに背を向けたまま言葉を続けた。

「お前は俺をここに呼ぶべきじゃなかった。何度失敗すれば理解する？　お前の実験が成功することは無い。だから俺のことは放っておけ。そこの失敗作も、もう解放してやれ」

誰もが何が起きているのか分からないでいる中、不遜な物言いでゼレクに命令とも思われる言葉を向けられた国王だけが平然として応じた。

「手放すものか」

嗤《わら》ったその顔が、次の瞬間、妄執に歪《ゆが》む。

「お前は儂《わし》の息子。シルビアの子。我が子を手放す者がどこにいる？」

その言葉のどれかが、あるいはすべてが、ゼレクの逆鱗に触れた。

ゾワリとつま先から頭のてっぺんまで、一気に肌があわだつほどの魔力放出を感じてその場の全員が息をのむ。

放出された魔力は大気を波打たせ、渦巻くような突風が吹いて庭園の花木が不穏にざわめく。

しかしその中で、かろうじて声を上げた人物がいた。

「お、お待ちを！　陛下！　これはいったい、どういうことなのですか！」

己を奮い立てようとするように強く声を張り上げたのは、国王の向かいに座っていた老齢の男性。

フォルカーが話していた宰相カイウス・セレストルと思しき彼のその発言は、決死の覚悟でゼレクの殺気を国王からそらそうとするものだった。

＊＊＊＊

「ウィンザーコート師団長が着いたら、王子の変調の件も含めてお話をうかがう予定だったはずです！　それが、なぜそのようなことをおっしゃるのですか！」

大気が波打ち、庭園の花木がざわめくほどのゼレクの殺意。

それに気圧されまいと声を張り上げた、白髪まじりの黒髪に金の目の宰相は、国王にそう詰め寄ることで場の崩壊を懸命に防ごうとしているようだった。

しかし、その決死の覚悟は王には伝わらない。

「どういうこともなにも、今言った通りだ」

妄執に憑《と》りつかれた王が嗤う。

彼は最初から弟である宰相のことなどまったく見ておらず、ゼレクだけにその声を向けていた。

「ゼレク・ウィンザーコート、シルビアの子。儂の子であるこの男の力を、儂は王子の身に移さなければならないのだ。分かるだろう？　カイウス。残念だが父上のせいでゼレクを王子と認めることはできない。だがその力は、王家のものだ。ゆえに正統なる王家の、儂の子のものとせねばならないのだ！」

その妄執を薙《な》ぎ払《はら》うように、ゼレクが静かに指摘した。

「だが失敗した」

そして王と宰相とともに東屋に座っていた、今も微動だにせず背もたれに身を預けたままの青年へと視線を向ける。

「残り、二人。お前が続けても、その失敗作と同じものが、あと二つ増えるだけだ」

「黙れ！」

激高した王がダンッ！　とテーブルを叩く。

その衝撃でテーブルの上にあったカップがガチャンと耳障りな音を立てて転がるが、空っぽの人形のように虚ろな顔をした黒髪の青年は背もたれに身をゆだねたまま、相変わらず微動だにしない。

その顔を見たジェドとフォルカーが目を剝《む》き、ジェドが「まさかあれ、第一王子なのか……？」と驚いたようにつぶやいた。

「黙れ、黙れ黙れ黙れッ!!」

白く泡立つ唾を飛ばして王が叫ぶ。

「血が足りなかったのだッ！　お前の血が足りなかったゆえに、魔法薬が未完成のものとなってしまったのだッ!!」

その時、王の血走った目がゼレクから視線を外して横に流れた。

いったい何を、と誰もが身を強張らせた瞬間、マリスは背後から強い力で宙にさらわれる。

そして何が起きたのか理解できない数秒の浮遊感の後、芝生の上にドサッと落とされるのと同時に、後ろから身動きできないよう押さえ込まれて息がつまった。

うめき声をあげることもできず、痛みに耐える緑の目に映った上等な作りの靴が、その持ち主の名を告げる。

「嬢ちゃん！」

「ラークさん！」

王とゼレクの方に気を取られていたジェドとフォルカーはマリスが連れ去られるのを阻止できず、ここまで彼らを案内してきた侍従の男に拘束された彼女の首に、すかさず短剣の刃を当てた王を見て動きを止める。

その冷たさにマリスがびくりと震えたせいで、白く細い首筋にすうっと一本の赤い筋が引かれ、小さな赤い雫《しずく》が刃を伝ってその切っ先に揺れた。

宰相は王のすぐ近くにいたが、もはや事態は彼ですら手に負えない。

誰も何もできず、限界近くまで緊迫した場に、欲望に澱《よど》んだ王の声だけが響く。

「この娘がお前の番《つがい》なのだろう？　ゼレク。黒狼は生涯に唯一の番に忠誠を捧《ささ》げ、命すら捧げるという。ならば貴様も捧げよ、その血を、その命を！　この娘を守りたくば、その力を儂に捧げるのだ！」

狂ったような叫びが静かな西離宮の庭園に広がって、消えた。

その時ようやく、皆が気付いた。

先ほどまで強く吹いていた風が、やんでいる。

いつの間にか虫の音も鳥の声も無く。

世界が凍りついたような静寂で満ちている。

王の乱れた呼吸音だけが時の流れを告げるその場で、けれど一つだけ、蠢《うごめ》くものがあった。

完全に瞳孔の開ききった琥珀の目で、マリスの首から滴る血の雫を凝視する男の。

ゼレク・ウィンザーコートの、足元の、影が。

「俺がお前に従わなければ、マリスを殺すのか」

黒い軍服を着ていても分かる。

蠢く影が炎のようにゆらめき、足元からゼレクの体を覆ってゆくのが。

黒く、黒く、昏く。

漆黒の影がゼレクの顔を覆いつくす刹那、その唇がいびつな三日月めいた弧を描くのを、その場にいたすべての者が声も無く見ていた。

「やってみろ」

全身をゆらめく影に覆いつくされたゼレクは、もう誰の目にも人に見えない。

化け物が嗤う。

嗤いながらいっそ無造作な口調で言い放つ。

「やってみろ。この世界を滅ぼす暗愚となりたいのなら」

そしてその口調の無造作さとは真逆の、怒りに満ちた化け物の咆哮《ほうこう》が轟《とどろ》き、蠢く漆黒の影が巨軀《きょく》の獣の姿に収束してゆく。

それは王家の伝説に語られるような神々しい黒狼ではなく、憤怒《ふんぬ》と憎悪と怨嗟《えんさ》に形作られた四つ足のケダモノ。

そのケダモノの、喉をそらし天地に轟く咆哮が、世界に夜を呼び寄せる。

真昼の太陽が分厚い布で遮られたようにかき消え、月の無い闇が降りて漆黒の毛並みを纏うゼレクの姿を飲み込んだ。

その身から放たれる強烈な怒りと憎悪がなければ、あるいは煮えたぎる溶岩のごとく爛々《らんらん》と不穏に輝く黄金の眼《め》がなければ、ゼレクの姿を見つけるのは困難だっただろう。

それほどに、この夜闇の世界はゼレクの支配下に置かれていた。

「空を見ろ」

怒りと憎しみにざらついた声が告げる言葉に、支配下に置かれた人間たちは抗いようもなく天を仰ぐ。

完全な闇と思われたそこには、しかし数多《あまた》の白い星があった。

けれど誰もが違和感を抱く。

星というには、あまりにも輝きの鋭い――。

「あれは俺の剣だ」

――刃物の切っ先のような、無数の光。

「一つ、落としてみせてやろうか」

低く笑うその声が、戯れるように言った時にはもう、輝きの一つが長く尾を引きながら凄《すさ》まじい速度で落下の軌跡を描いていた。

まっすぐに落ちてくる、その切っ先が自分たちの方に向かっていることに気付いて、誰かが甲高い悲鳴をあげるのをどこか遠く聞く。

マリスは王の足元に転がされて首に短剣を突き付けられたまま、流星のごとく尾を引いてすぐ近くにある小高い山を貫いた白い輝きが、全身を揺さぶるほどの轟音《ごうおん》とともに大地を抉《えぐ》り周囲の木々を焼き尽くすのを、じっと見ていた。

湖の向こうで起きたその大破壊の余波は、湖のちょうど中央あたりに張られた魔術防壁と思しき不可視の壁に防がれてこちらに届くことはなく、しかし目前の光景をあますことなく見せつけることで、今この天に輝くものが何を引き起こすのか明確に知らしめている。

首に当てられた短剣を持つ王の手が震えて刃が浮き、彼がその力に魅了されているのを感じた。

背中で組まされた両手首を押さえつける手からわずかに力が抜け、自分を捕えている侍従の男が眼前の光景に恐怖しているのを感じた。

そんな場で、おそらくマリスだけが、まったく誰とも違うことを考えていた。

この天にある無数の星を、ゼレクは「俺の剣」と呼んだ。

もし本当にこの空がゼレクのものだというのなら、そこに突き刺さる無数の「剣」

は、かつて彼自身に突き立てられたもの、彼が負ってきた傷なのではないか。

もし、そうなら。

この考えが、もしも正しいのなら。

彼の身は、彼の心は、これまでいったいどれほど無惨に切り刻まれ、その果てしない苦痛に苛まれ続けてきたのか。

「……ッ！」

唇を噛んで、こぼれかけた声を喉の奥で押し殺す。

ただの思いつきに過ぎないその考えが絶対に正しいものだと、どうしてか彼女は『知って』いた。

理由も根拠も無かったが、彼女はただそれが本当にそうなのだと『分かって』しまった。

涙は出ない。

そのかわり、四つ足のケダモノと化したゼレクの身から放たれるものに勝るとも劣らない、激しい怒りが、マリスの全身を灼《や》くように燃えあがった。

＊＊＊＊

「俺はお前に跪かない」

最初に言ったのと同じ言葉をもう一度繰り返したゼレクが、鋭い爪が飛び出した前脚をぬうっと伸ばしてあやまたず国王の首をとらえた。

流星の暴威にすっかり魅入られてマリスの首から短剣の刃を下ろしてしまっていた王は、ろくな抵抗もできないまま後ろに倒され、巨軀の獣の脚にそのまま踏み潰されそうな力をかけられ苦悶《くもん》のうめき声をあげる。

「屈するのはお前の方だ」

王が言葉にならない喚《わめ》き声をあげながら、片手に握ったままだった短剣をゼレクの脚に突き立てようとしたが、漆黒の毛並みは鋼鉄の鎧《よろい》のごとく刃を弾いた。

脚の下でぶざまにもがきながら無意味な抵抗をする年老いた男を、苛烈な怒りを宿しながらも黄金の眼で冷徹に眺めおろし、四つ足のケダモノは言う。

「それほどまでに俺の力を望むなら、俺がお前を喰ってやる。それで終わりにしてやる。本望だろう？　お前の望む、俺の力の一部となれるなら」

その言葉が終わらないうちに、不意にバチィッッ!! と激しい打擲《ちょうちゃく》音が獣の真横で響いた。

王を脚下に捕らえたまま、ゼレクの視線だけが動く。

そしてその音の発生源を見つけると、闇夜に爛々と光る黄金の眼の縦に割れた瞳孔が、あまりの驚きに丸くなった。

「やめなさい、クロ」

臙脂色のローブをひるがえし、片手に掴んだ杖から伸びる白炎の鞭《むち》を足元に垂らして仁王立ちした女が、傲然と顎を上げて命じる。

乱暴に捕らえられたせいで髪紐《ひも》が取れてしまったのか、いつも三つ編みにしている長い金の髪がほどけて波打つように広がり、それが白炎の鞭の光を受けて闇夜の中で輝くように浮かびあがっていた。

真昼に降ろされた月のない夜の中で、その姿はすべての人々の視線を否応《いやおう》なしに惹《ひ》きつけるほど豪奢《ごうしゃ》で美しく。しかし鮮やかな緑の目に映すのはただ一頭の漆黒の獣だけ。

彼女は叫ぶのではなく、怒鳴るのではなく、泣きわめくのでもなく。

その完璧なまでに感情の制御された冷静な声は高く澄みわたり、夜闇の世界にりんと響いた。

普段の優しく穏やかで、どちらかといえばやや控えめな姿とはまるで異なる。

見間違いか幻としか思えなかったが、その声の主は確かに、マリス・ラークだった。

先ほどの打擲音は、自分を拘束していた侍従の男を白炎の鞭で弾き飛ばすためのものだったらしい。

少し離れた場所に倒れて苦悶の声をあげている男と、その際に焼かれたのだろう芝生の跡に、ゼレクは信じられないものを見る目でマリスを凝視した。

「食事はちゃんと与えているでしょう。そんな汚いものを拾い食いするなんて、私は絶対に許しませんよ」

ジェドとフォルカーも、あまりのマリスの変貌ぶりに唖然としている。

それと同時に、彼女がいったい何を言っているのか、どうにも緊迫した状況とはまったく別のことを問題にしているようで、理解が追いつかない。

けれど、そんなことは激怒した彼女には関係ない。

「あなたは私の作った食事が好きでしょう？　こんなところで拾い食いしたものでお腹を壊すのと、帰って私が作ったものを食べるのと、どちらがいいか。よく、考えなさい」

今まさに猛獣を従えんとする調教師、あるいは悪童を躾ける厳しい母。

まさしくそうとしか見えない圧倒的な迫力をもって、マリスは緑の目でまっすぐに見据えた己の犬に命じた。


「さあ。それを、離しなさい。――クロ」


その名を呼ばれた瞬間、思わずゼレクは従った。

従ってしまった。

己の姿を異形に変貌させるほど怒り狂い、世界に夜を降ろした四つ足の化け物が、その時、ただの犬になった。

脚を離す前に、マリスからの強烈なプレッシャーのせいでうっかり力加減を間違えて強く踏んでしまい、カエルが潰れるような音を立てて王が口から泡を吹きながら失神したが、もはやそれどころではない。

数分前まで地上のすべての生命が彼によって滅亡の瀬戸際にあったが、今やマリスによってゼレクの何かが風前《ふうぜん》の灯火《ともしび》である。

ゼレクにとってそれを失ったら命を奪われるのと同等の意味を持つものが、危うい均衡のところに置かれているのだと、初めて見るマリスの激怒した目を見て悟った。

無数の白い光が天にきらめく夜闇の世界で、その支配者であるはずの獣が白炎の鞭を持っただけの女の前に恭しく向き直り、巨大な体軀《たいく》を折り曲げるようにしてそうっと顔を下げ、視線を合わせる。

「いい子ね、クロ」

穏やかに褒めたように聞こえるその口調に、はたで見ているだけのジェドとフォルカーでさえ、ゾオッと自分の背筋が凍る音を感じた。

当事者ではない自分たちでこれでは、今、真っ向から彼女に見据えられているゼレクの恐怖は、いかばかりか。

先ほどからついていけない状況の連続で、疲弊した精神はすでに限界に近かったが、ジェドとフォルカーは思わず昔馴染みに同情してしまった。

大丈夫か、お前。初恋なのに、とんでもない女を選んじまったみたいだぞ……。

夜闇の世界にとけてほとんど見えないはずのゼレクの毛並みが、全身すっかり逆立ってしまっていることにこの場にいる誰もが気付いて……、かつて軽い気持ちでイタズラをしたせいで泣くほど厳しく叱られるはめになった幼き日の自分の姿を見てしまったような気持ちになり、そっと、目をそらす。

おかげでゼレクの尻尾がきゅっと丸まって後ろ脚の間に収納されてしまっていることに気付いた者はいなかったのだが、彼にとってそんなことは何の慰めにもならなかった。

＊＊＊＊

クロが王の上から脚を下ろし、自分の方を向いてくれた。

そのことに心の底から安堵しながら、次に譲るべきは自分だとマリスは分かっていた。

自分を拘束した男を弾き飛ばした白炎の鞭をずっと手にしていても、神のごとき力を持つ巨獣と化した彼に対して、こんなものは何の威嚇にもならないなどということは最初から承知している。

この鞭は、ともすればあまりにも強大な存在となってしまったクロに怖気《おじけ》づいてしまいそうな自分を奮い立たせ、相手にそうと悟られないよう必死でしがみついていただけの小道具にすぎない。

役目を終えたそれへの魔力の供給を断てば、足元でとぐろを巻いていた白炎の鞭はふっと消え、黒コゲになった芝生だけが残った。

奇麗に整えられていた植物を傷つけてしまったことに心が痛んだが、今はそれよりも優先すべきことがある。

慣れた動作で手元を見ることもなく杖を腰のホルダーへおさめると、空いた両手をクロに向かってせいいっぱい広げた。

「いい子ね、クロ。……ね、クロちゃん」

先ほど言ったことを、もう一度。

今度はいつものように微笑みながら言おうとして、……残念ながら失敗した。

声は情けなく震え、笑おうとした顔はみっともなく泣きそうなものになってしまう。

けれどそのおかげか、マリスが譲ったことにクロも気付いてくれたらしい。

いつの間にかぴたりと伏せられていた耳がぴくぴくと動き、おそるおそる立ち上がってマリスの方に向けられるのと同時に、鼻先がそうっと近づいてきて、彼女の腹のあたりにほんのわずかに触れる。

マリスは彼を驚かせないよう、ゆっくりとした動作で広げていた両手を閉じてゆき、彼の長い鼻の上を撫でた。

いつも撫でてやっていたその黒い硬質な毛並みが、なぜかひどく懐かしくて、ますます泣きそうになりながら言う。

「ごめんね、クロちゃん。怖かったね。私、人質になっちゃって、ごめんね。私が殺されそうになって、クロちゃん、怖かったよね」

漆黒の獣が驚いたように大きく目を見開いて、ふるりと身を震わせた。

それだけでどうしてか、彼がそのことに、今はじめて気付いたのだと分かる。

生き物は大切な存在が命の危険にさらされた時、それを怖いと思うのだ。

そんなごく普通のことを、これまで彼は学ぶ機会が無かったのだろう。

いったいどんな厳しい道を歩んできたのか、ケガをしてひどく衰弱した状態だったクロを思い出し、とうとう我慢しきれずマリスはぽろぽろと涙を流しながら震える声で彼を慰めた。

「もう、大丈夫だから。私ね、これでもけっこう強いんだよ。だからね、もう、大丈夫。でも、ごめん。もうあんなことがないよう、これからはもっと気を付けるから。ごめんね、クロちゃん。どうか許してね」

いつの間にかクロの大きな眼からも、大粒の涙があふれてこぼれ落ちていた。

一切の感情を消し去ってしまったかのように無機質で、不穏な輝きを帯びていた黄金の眼が、いつもの金まじりのとろりとしたやわらかな琥珀色に戻っている。

そのことに安堵しながらも、ああ、よく泣く犬だとは思っていたけれど、まさか自分が泣かせてしまうなんて、と罪悪感で胸が苦しい。

けれど、クロはただ怖かったから泣いているのではなく、どこか途方に暮れて泣いているのだと、しばらくしてマリスは気付いた。

なぜ分かったのかは自分でも理解できないが、クロは吠えないけれど感情豊かで意外と分かりやすい子だから、不思議はない、とも思う。

ほんのわずかな仕草で、その眼差しに浮かぶほのかな表情で。

ささやかなものを積み重ねて、クロはその心を伝えてくるのだ。

うん、とマリスは頷いた。

そんなふうに途方に暮れた迷子のような、これからどうすればいいんだろう、なんて顔をする必要は無いのだと、伝えるために唇を開く。

「帰ろう、クロちゃん。私たちの部屋に、帰ろう。クロちゃんがどんな姿をしていてもいいし、さっきみたいに喋《しゃべ》っても、前みたいにずっと何も言わなくてもいい。帰ったら、クロちゃんの好きな物、いっぱい作ってあげるから」

震える声でゆっくりと言葉を綴《つづ》ってゆくうちに、マリスもクロもようやく泣きやんだ。

マリスに迷いは無かった。

「ね？　帰ろう、クロちゃん」

けれどクロはわずかに鼻先を下げて、うかがうようにマリスを見上げる。

なぜ？　という声が聞こえるようだった。

どうしてそう言ってくれるの？　と、聞きたくて聞けない、怖がりな子供がそこにいるのが見えるようだった。

今度は微笑むことに成功して、マリスは答えた。

「あなたが大事だから」

マリスはまたクロを驚かせてしまったらしい。

眼を丸くした巨軀の獣が、あまりの驚きに息を止めていることには気付かず、ふふ、と彼女はほがらかに笑った。

「私はあなたが大事なんだよ、クロ。……いつか、祈ったことがあった。あなたに安らぎのなかで眠ることができる日が訪れますように、って。本当に、いつかそうなったらいいって思って、祈ってたの。でももう、私は祈らない。だって私が、そういう夜をあなたにあげたいと思うから。いつかきっとそれをあげるって、決めたから」

そう言って、マリスはクロの鼻先に小さなキスを贈った。

その贈り物は拒絶されることなく、やや戸惑ったようではあったけれど、どこか嬉しそうに受け取られ、それに力を得た彼女は囁くように言う。

「大切にするよ、私のクロ。一緒に帰ってくれるなら、ずっと、いちばん、大切にするって約束する」

マリスは黒い犬の姿のクロしか知らないし、今は恐ろしく巨大で強い力を持った獣と化してしまって、元に戻るのかどうかさえ分からないけれど。

それでも彼女の心は揺るぎなく、変わらなかった。

「だから」

そしてマリスはぐっと力を込めて顔をあげ、白い光のきらめく空を睨むように見上げて叫んだ。

「あなたの空の剣は、もう二度と、一つだって増やさせない！」

その言葉に、今度はクロの方がマリスに何もかもを見抜かれているのだと理解した。

きっとこの場の誰もその意味を知らない決意が、彼の全身を鋭く貫いて、深くこだまする。

もはや彼には、どうすることもできなかった。

全面降伏するように、全身の力を抜いて大地へ沈み込むように伏せ、長く深く息をつく。

　その時「あっ」と、誰かが声をあげた。

　空を指さして騒ぐ声につられて、巨狼《きょろう》の傍に座ったマリスが、彼の毛並みを撫でてやりながらそちらを見る。

　そこには神のごとき獣が降ろした夜の帳《とばり》がゆるやかに消えてゆき、かわりにその向こうでずっと輝いていた太陽へと空の舞台を譲りゆく、美しい光景があった。

「朝だな」

「朝ですねぇ」

　いつの間にか近くに座っていたジェドとフォルカーが、疲れた顔をして陽射しを浴びながら、目を細めてつぶやいた。

　時刻としてはまだ明るい昼過ぎ頃であったが、彼らの言う「朝」はそういう意味ではない。

　きっと人生で初めての、本当の夜明けを迎えたのであろう昔馴染みへの、それは不器用な祝福だ。

　そしてそんな分かりにくい祝福を受けた昔馴染みはといえば、これまで大きく変化したところを誰も見たことが無いその顔にとろけるような笑顔を浮かべ、隣に座って彼の髪を撫でていたマリスを腕に抱き、膝の上に引っ張りあげた。

わっ、と小さく声をこぼした彼女は、大きな手に挟まれて上を向かされ、間近で見つめあうことになった男の顔をその新緑の瞳に映して。

「マリス」

どんな場であろうとよく通る、独特の迫力のある低い声が初めて真っ向から彼女の名を呼ぶのに、マリスはぽかんとした顔で「えっ」と間の抜けた声をこぼした。

そして、つい先刻、衆人環視の中で熱烈なプロポーズをしたとは思えない、驚愕《きょうがく》の表情で言う。

「……誰？」

事情を知っているジェドとフォルカー、そして「誰？」と問われた当人であるゼレクだけが、彼女の驚愕の意味を理解して笑った。

ゼレクが初めて迎えた朝。

それは、初めてマリスがゼレクという人間と出会った日。

なぜならおそらく今日こそが、ゼレクが本当の意味で人として生まれた日だから。

「えっ？　人間？　クロちゃんが人間⁉　えっ？　あっ、ジェドさんとフォルカーさんは、そういえば最初からそう言ってたけど。でも、ずっと犬だったのに！　えっ、えっ、本当に人間だったの⁉　え、えええぇぇぇー⁉」

混乱した声をあげるマリスを腕に抱きしめたまま、ゼレクは生まれて初めて声をあげて笑った。

笑い方さえ知らなかった彼にマリスが教えた、それはあたたかで楽しげな笑い声だった。

＊＊＊＊

「私はなんてことを……！」

初めてゼレクが人間に見えるようになったマリスは、その驚きが一段落すると、今度は彼の首輪を見てめまいを覚えた。

これはジェドとフォルカーが騒ぐはずだと理解し、なぜか頑《かたく》なに「嫌だ」と拒否するゼレクを「さすがにこれはダメだから。絶対にダメだから。外させてくれるまでずっと言い続けるよ。本当に、ずっと、言い続けるよ」という真顔の脅しで打ち負かし、ようやく外すことに成功した。

しかし外した首輪をあまりにも未練たっぷりに、しょぼくれた様子で見つめるゼレクが可哀相《かわいそう》になり、マリスはつい、自分と同じように革紐にタグを通してネックレスにするから、と言ってしまった。

とたんに瞳を輝かせて「絶対だぞ」と釘を刺してきた彼を見て、一勝一敗だな、と思い苦笑する。

そんな彼らの傍では、ジェドとフォルカーが生ぬるい視線でそのやりとりを眺めつつ、ようやく上官が見てくれだけは普通の人間のようになって、ほっと息をついていた。

そうしてマリスとゼレクが落ち着くと、すでに場を掌握して次々と指示を出していた宰相が二人に声をかけてきた。

ジェドとフォルカーもともに案内された先は、西離宮の端にある温室の中の東屋だ。侍従も武官も下がらせた宰相は、ゼレクとマリスに向かいに座るよう促した。

その時、空のテーブルを挟んで向かい合う白髪交じりの黒髪に金の目の宰相カイウス・セレストルと、黒髪に金まじりの琥珀の目のゼレク・ウィンザーコート第一師団長の顔を見た副官二人が、一瞬ぎくりと固まった。

しかし彼らはすぐに平静を取り戻し、無言で上官の背後に控えるように立つ。

ゼレクの隣に座らされたマリスだけが、場違いなところにいる緊張で落ち着かなげに、膝の上でそろえた手できゅっと小さな拳を作った。

残念ながら人間一日目のゼレクは落ち着かないマリスをなだめるということまで気が回らず、目の前に座った男を見る。

「まず、謝罪を」

先手を打ったのは宰相カイウスだ。

「今日、私が陛下と君たちとの会談に同席することにしたのは、陛下が禁術に手を出してそれに君を巻き込んでいる、という情報の確証をようやく摑めたからだった。しかし、遅きに失した。すでに事態は私の予想していた以上の段階に入っていた。陛下を補佐し、時には諫言《かんげん》すべき宰相として、今回の件は私にも重い責任があると理解している。君たちには本当に申し訳ないことをした」

すまなかった、と潔く頭を下げた宰相だが、対するゼレクには何ら心を動かされた様子はなく、常と同じ無表情で問う。

「あの男が手を出していた禁術について、どこまで把握している?」

謝罪の返答がなかったことについては何も言わず、顔を上げた宰相が語る。

「陛下をそそのかして今回の禁術を行った魔術師は、他国の出身だ。流れの魔術師で、あちこちで詐欺まがいのことをして荒稼ぎしては別の土地に移る、ということを繰り返してきた男らしい。どこかの国の諜報員《ちようほう》でもなく、今回の事件が我が国の情勢不安を狙ったものではない、ということは判明している。そして肝心の禁術についてだが、我が国の魔術師たちに解析させたところ、何の根拠もない無秩序な調合によって作られた魔法薬が第一王子殿下の精神を崩壊させただけで、君の力を彼に移す効能など最初から持たなかったと分かった」

「第一王子は無駄死にか」

ゼレクの言葉に、宰相の目が悲しみに深く陰った。

王弟である彼にとって、第一王子は甥《おい》に当たる。

生涯を捧げて仕えてきた兄王の子であり、独身のカイウスにとって最も血筋の近い青年の身に起きた悲劇に、しゃんと背筋を伸ばしたいかにも能吏という風采の宰相が、一時、ただの人となって悲嘆に沈む。

しかし一、二度、瞬きをしただけで悲しみの影を面から消し、宰相は再びその目に強い光を取り戻して話を続けた。

「残念だが、今回起きたことは、王家にとってそう珍しいものではないのだ。この国の王家に、聖始祖、黒狼の伝説が語り継がれていることは君たちも知っていることと思う。だが、この伝説は王家の男子として生まれた我々にとっては、呪いにも等しいのだということを、民は誰も知らないだろう。恨み言を繰るつもりはないが、事実として、そうなのだ。我々、王家の男子は、代々この視線にさらされてきた」

──なんだ。黒狼の末裔と聞いたのに、この程度か。

王家から権力を削ごうとする高位貴族や、外交の場で出会う近隣諸国の王侯貴族達は、上品な言葉で包んで遠まわしにそう貶《けな》す。

会うたびに、ほんのわずかな機会さえあれば、容赦なくそこを突く。

「王家に生まれたとはいえ、特殊な力を持つ者などそういない。だが周囲の誰もがそのことに落胆し、私たちを見下した。陛下は……、兄は、昔からそのことに心を削られてきた」

語る宰相の言葉を、苛立たしげにゼレクが遮る。

「あの男を擁護する話など、聞くつもりは無い」

そのまま立ち上がろうと腰を浮かせた彼を、さっと先に立った宰相が「待ってくれ」と強い口調で押しとどめた。

「すまない。君にどうしても伝えたいことがある。どうか話を最後まで聞いてもらいたい。……これを誰かに話すのは初めてのことで、私にも、どう話せばいいのか分からないのだ。そのせいで回りくどくなってしまっているのは分かっているのだが……、すまない、だが頼む。……もうそれほど長くはならないから、どうか、話を、聞いてくれ」

いつもの無表情に険しさを漂わせたゼレクは、なぜお前の頼みをきかなければならない、と言わんばかりである。

けれど宰相のあまりにも必死なその様子に、隣に座っていたマリスがたまらなくなって、ついゼレクの膝に手を置いた。

睨みつけるような眼差しが一瞬にして凪《な》ぎ、うかがうようにマリスを見たゼレクが、頷いて姿勢を戻す。

二人の様子に虚を衝かれた顔をした宰相は、だがすぐに「ありがとう」とつぶやいて自分も席に戻った。

ゼレクの隣から気づかわしげな表情でじっと見つめるマリスに、小さく顎を引くように目礼をして、話を再開する。

「王家の男子はそうして聖始祖の伝説に苦しめられ、時に禁術に手を出しては代償を支払ってきた。だから今回の兄の行動は、王家にとってそれほど珍しいものではない。しかし今回、君がそれに巻き込まれたのは、私のせいだ。兄は君を自分の子だと言い、それを信じ込んでいるようだったが、そうではない。君は、私の、息子なんだ」

急な言葉に、さすがに目を見開いたゼレクやマリスとは逆に、背後の副官二人は、やはりそうか、と内心つぶやいた。

さすがは親子と言うべきか、王と宰相は同じ両親から生まれた兄弟だというのに、並べてみればゼレクは王よりも宰相の方に、その眼差しから立ち姿から、何もかもがずっとよく似ているのだ。

「君の母親であるシルビアは、王城の女官だった。正義感が強く、第一王子としての強い自負を持っていた兄と違って、若い頃は王家の重責から逃げてばかりだった私は、あの日も剣術の鍛錬から逃げて中庭の隅に隠れていた。城中にある黒狼の絵画や彫像を、あそこなら見ずにすむのでね……。そこにシルビアが、どこかの令嬢が帽子を風に飛ばされたとかで探しに来て、私を見つけたんだ。木の陰に寝ころんでいた私に気付いた時、シルビアはとても驚いて、次に笑って、こう言った。『ああ、驚いた。黒い犬がいるのかと思ったわ』と」

それは何十年前の事なのか。

確実にゼレクが生まれるより前のことのはずだが、たった今起こったことのように語り、宰相はほとんど無意識に微笑みを浮かべた。

「王家の重責に加えて、聖始祖、黒狼伝説にも苦しめられていた私にとって、彼女の言葉は天啓のように聞こえたよ。それまで何の力も無い自分には重荷だと思っていたものが、祝福に変わった。力は無くとも私は黒狼の末裔で、シルビアこそが自分の番なのだと感じて、何もかもが引っくり返った。そしてどうにか時間を作って周りの目をぬすんでシルビアと過ごすうちに、無気力で逃げてばかりだった憶病な私は、彼女にどんどん惹かれてゆくのと同時に、まるで生まれ変わったかのように気力を取り戻して王子としての務めに励むようになった。……すべては若すぎた私の、ただの勘違いなのかもしれないが。それでも私にとって、今もシルビアが自分の番であるという確信は変わらない。だがそれよりも、問題はこの話を兄に打ち明けた時の、思いがけない反応だった」

微笑みが消え去り、苦悩が広がる。

「兄はどうしてか、私を黒い犬と見間違えたシルビアさえ手に入れれば、自分も黒狼王と呼ばれた歴代の名君のようになれると思い込んでしまった。彼らのように黒狼の姿を見通した王妃の存在を得られれば、自分もそうなれると。だがその時には私はシルビアと深い仲になり、臣籍降下して彼女を妻にするつもりで、父上、先王陛下にも話を通していた。そして父上は、兄と私がシルビアを巡って争うことを懸念した。だからシルビアをウィンザーコート伯爵の元へ逃がしたのだ。私にも兄にもその行方を調べられないよう、完璧に痕跡を消して」

宰相の金色の目が、いつの間にかじっと話に聞き入っているゼレクを見つめた。

彼の視線はゼレクを見るものではなく、その向こうの誰かを探すように頼りなくさまよっている。

「私は知らなかった。その時シルビアが私の子を身籠っていたことを。知っていれば絶対に手放しはしなかっただろう。……だが、手放してしまった。兄は彼女が自分のものにならないのならば殺すと言い、私はそれを恐れて、傍にいられずとも彼女が生きていてくれさえすればそれでいいと、諦めてしまったんだ。それから何年も経って、彼女が死んだと父上から告げられた時、初めて君のことを教えられた。シルビアは私の子を産み、その子にゼレクと名付けて、ウィンザーコート伯爵に託したと」

宰相の虚ろな目がふう、と中空をただよった。

「後を追えなくなった」

静かな言葉は誰に言うわけでもない、ただの回顧だ。

けれどゼレクは、思わず自分の膝に置かれたままだったマリスの手に自分の手を重ねた。

そうせずにはいられなかった。

番を失った宰相の姿に、マリスを失った時の自分の姿を、重ねざるをえなかったからだ。

いつか彼は、マリスを殺せば自分は解放されるのではないかと考えたことがあった。けれど、それはとんでもない間違いだと、今なら分かる。

マリスと会う前ならばともかく、出会ってしまった今はもう、怒りも悲しみもマリスがいてはじめて生まれるものであり、彼女を失えば自分は抜け殻になるだけだ。解放されて自由になるどころか、永遠に終わらない喪失の闇に落ちて、何が起きているのかも理解できないまま死ぬだろう。

その時、まるでゼレクの思考を見通したように、ふいに声がかかった。

「これはただの忠告だが、ゼレク・ウィンザーコートどの。番を失った狼はみじめなものだぞ」

再び瞬き一つで現在に戻った宰相が、穏やかな微笑みとともに告げる。

「食事は喉を通らず、夜は眠れず、現実はすべての感覚を素通りしてゆく。そんな時間が長期間続いたせいで、だいぶ内臓をやられたよ」

宰相の声に重なって、はっと息をのむ音がかすかに響く。

彼は昔、大病を患って離宮で静養していたという話だったが、その身を壊したのは病ではなく、想《おも》い続けた伴侶の死であったのだと理解して。

「城の薬師や魔術師たちの治療のおかげで、どうにかまだ生きてはいるが。私のこの体は、もうそれほど長くはもたないだろう。時間切れになるまでに、今回の後始末と、君たちのことをどうにかしてゆくつもりではあるが……。マリス・ラークどの。あなたはどうか、彼よりあまり早くに旅立たないでやってほしい」

急に名を呼ばれたマリスは、びくっとして、反射的に頷いた。

王家だの聖始祖だの、あまりにも雲の上の話すぎて彼女にはさっぱりついていけていなかったのだが、今、彼のその言葉には、絶対に頷かなければならないと感じたのだ。

そしてそれは正解だったと、隣で身を強張らせていたゼレクがわずかにほっと息をついたことで分かった。

マリスはゼレクの膝の上で彼の大きな手を重ねられた自分の手を、くるりとひっくり返してきゅっと指先で握る。

彼は無言で握り返し、そのささやかではあるがあたたかい触れ合いに気付いた宰相が、安堵したように表情をやわらげた。

「あんたがずっと独り身なのは、そのせいか？」

長く話し続けた宰相が、呼吸を整えるためにかしばらく言葉を途切れさせると、ぽつりとゼレクが聞いた。

宰相が頷く。

「私にはシルビア以外、女性として愛せる人が現れなかった」

シルビアを失った後、何もせずとも後を追いそうな彼を引き止めるための方策の一つとして、側近たちが女をあてがおうと何人も送り込んできた。

シルビアによく似た容姿の女も、逆にまったく似たところのない女もいたが、すべて無駄だった。

「不思議なものでな。何年経っても、何十年経っても、シルビアがどんなふうにこの身に触れてくれたか、私は覚えているんだ。誰に何をされようとも、その記憶が消されることも上書きされることもなく、覚えている。……まるで、この身にその存在が刻み込まれているかのように、私は今も、シルビアの指が触れるのを感じるんだ」

すでに失われた存在の、その指とともに生きるということがどんな意味を持つのか。この場にいる誰にも分からないそれを背負った人は、けれど大樹のごとく揺らがない声で続ける。

「あいにく私には君のような強い力はない。それでもこれが、私に現れた黒狼の血だったのだろう。狼は、唯一の番と生涯を共にするというから」

そんな言葉で、彼は過去を締めくくった。

「さて、長くなってしまって申し訳なかったね。それでは本題の、君たちの話に戻ろうか」

カイウス・セレストルという一人の男性から、国王の手綱を握る能吏とささやかれる宰相の顔に変貌し、彼はゼレクに問う。

「君が王と初めて個人的に接触したのは、先の戦争の最中、陛下が君を第一師団の団長に任命した、その直後のことだね？」

宰相はかなりの精度で事態を把握しているらしいと、一言で告げる問答の始まりだった。

まさかそんな前にゼレクが王と、と驚く副官二人の視線に、問われたゼレクは嫌そうな顔をして答える。

「お前の父親はウィンザーコート伯爵ではなく、自分だと言われた。母親だとかいう女の肖像画も見せられたが、俺には見覚えの無い顔だった」

「そして戦後、君はたびたび王に呼び出されるようになった。そこにいる腹心の部下たちにも知られないよう、内密に」

密偵が集めてきた情報からの推測だったが、やはり正しかったか、と宰相は顔には出さず苦渋の思いでゼレクへの質問を続けた。

王がゼレクに接触する前、血のつながらない三男が戦場へ行ったことを知ったウィンザーコート伯爵が、愛人に「あれは王家の御落胤だ」と口をすべらせ、それが一部で密かに噂になったことがあった。

先王からシルビアの子について話を聞いて以降、彼女の死の衝撃から体がいくらか回復すると、カイウスは兄王がゼレクのことを知った時の反応を恐れ、人知れず息子の保護に力を尽くしてきた。

彼が養子だという噂や、王の寵愛《ちょうあい》を受けた女官がウィンザーコート伯爵家の領地へ逃げたという噂が出るたび、王の耳に届く前にどうにかもみ消してきたのだ。

だが、今回ばかりは戦争への対応で時間も人手も足りず、なんとかもみ消した時にはすでに誰かがこの件について調べまわった後であったと、密偵が報告してきた。

遅かったかと歯噛《はが》みしつつ、王の動向を注視してきたつもりだったが、戦時中も戦後も、宰相位にあるカイウスは激務が続いたあげくとうとう倒れてしまい、その隙を突かれる形となった。

愛した女を守れず、彼女が産んだ子も守れず。無力感に苛まれるカイウスの苦悩は、しかしその鉄壁の理性によって表情にも態度にも表れることはない。

当然、まだ人の機微を理解できないゼレクには察せられず、不機嫌そうな様子で彼の問いに答える。

「あの男は腐っても王だった。あらゆる城や砦の隠し通路を知り、動かせる手駒も多い。誰の目にも触れない場所に俺を呼び出すくらい、たやすいことだ」

「そこで王に血を要求され、君はそれに応じた」

その時、わずかに宰相が首を傾けた。

周囲には返答を求める仕草のように見えただろうそれが、ゼレクの背後に立つ二人の青年を指し示すものであると気付いたのは、その理由を知るただ一人。

――王は君の身近な者たちの命を人質にして、服従を強いたのだろう？

おそらくジェドとフォルカーがそれを知った時、どんな思いをするか配慮して言葉にはしなかったのだろうと、さすがにゼレクでも分かる。

そんな配慮を、ありがたく思うべきかもしれなかったが、しかし同時になぜかひどく気に障った。

ゼレクは顔をしかめて、無言で頷く。

それに顔色を変えたのは、背後に控えていた二人の部下だった。

宰相が言葉にしなかったところはさすがに彼らとて見通せなかったが、それでも今告げられたことだけで、激怒するには十二分に過ぎる。

「おいっ、テメェふざけんじゃねぇぞ！」

宰相の前ではあったが、周囲に侍従や武官はいない。

そんな状況もあって、たまらずぶち切れたジェドがゼレクの肩を摑んで無理やり振り向かせた。

「あのケガはそのせいだったのかよ！　お前、刺客のせいだとか、訓練中の事故だとか何だとか……！　おかしいとは思ってたんだ。昔ならともかく、今のお前が刺客や事故程度であんなに何度もケガをするなんてな。でもお前がそう言うから、俺は……！　なんでだ？　王のせいなら、なんでそう言わなかったんだ！　最初から俺たちに言えよ！　なんで、なんでだよ⁉」

「面倒だ」

鬼気迫る形相で詰め寄るジェドに対し、火に油を注ぐような返答をするゼレク。

元より喧嘩《けんか》っ早《ぱや》いところのあるジェドが拳を握ったのは当然の結果で、予想済みだったフォルカーが後ろから羽交い絞めにして彼を止めた。

フォルカーとてゼレクに対して激怒してはいたが、さすがに宰相の前でこのまま乱闘に突入するのを、ただ見ているわけにもいかない。

「やめなさいジェド！」

「放せフォルカー‼　この野郎は、いいかげん本気で一回ぶちのめしてやらねぇと何も分からねぇんだ‼」

この騒動もまた面倒くさい、という顔でどんどんジェドの怒りを激化させるゼレクを、それまで隣で黙って座っていたマリスが突然呼んだ。

「クロ」

静かな声だったが、それは傲岸不遜な面倒くさがり男がびくっと背筋を震わせて、ぱっと振り向くよりほかない力を持っていた。

マリスは自分の方を向いたゼレクに両手を伸ばし、パンッ！　と鋭い音を立ててその頰に手のひらを当てる。

彼女の細腕程度では、たとえ全力で叩かれたところで、それほどダメージを受けるようなゼレクではない。

が、いつも優しく撫でてくれる手で頰がじーんと痺れるような力を叩き込まれ、そのまま手のひらを当てられてあたたかな体温を添えられ、そんなことをされた経験の無い彼は何が起きているのか分からず戸惑った。

そこにマリスの、変わらず静かな声が響く。

「あなたは言葉が足りない。ジェドさんとフォルカーさんを巻き込んで、彼らを傷付けることを心配して、何も言わなかったんでしょう？　相手はあなたでさえ手出しを躊躇《ちゅうちょ》する、この国の王様だったんだから。何を言っても無駄で、へたにこの話を二人に知られたら、彼らが口封じに殺されるかもしれない。そういうのを心配して、言えなくて、でも耐えきれなくなって、黙って一人で消えてしまったんだよね？」

言わないと伝わらないことは、たくさんあるんだよ、と口調を和らげて、マリスは子供に言い聞かせるように語りかける。

「あなたの言う、面倒だ、という言葉の中には、あなたなりの意味がいっぱい詰まってる。でもそれを知っているのはあなただけで、他の人にはそういうのはうまく伝わらないの。だから、それをちゃんと話す必要がある。そういう大事なことを面倒くさがったせいで、こんなふうに誤解されて、ジェドさんと喧嘩になるなんて、私はすごく悲しいよ。ねえ、クロちゃん。クロちゃんだって、ジェドさんと喧嘩したいわけじゃないんでしょう？」

ゼレクのことは犬だと思い込んでいたものの、一ヵ月あまり見てきた。

そして彼が再会したジェドやフォルカーに色々言われて面倒そうにしながらも、その存在を受け入れていることを、マリスは傍で見て感じていた。

だから、今言ったことはマリスの推測にすぎないけれど、それほど的外れなものでもないはずだ。

思った通り、ふてくされた子供のような顔をしたゼレクは、それでも確かにマリスの手の中で小さく頷く。

その反応で、自分の独善的な思い込みではなく、やはり言葉が足りないだけなのだろうと分かって、マリスは内心ほっとしながら優しく彼に問いかける。

「今、クロちゃんは言葉がとてもたくさん足りなくて、ジェドさんをすごく怒らせたね。それは分かる？」

べつに俺だけのせいじゃない、と言いたそうではあったが、ゼレクのその無言の訴えを黙殺したマリスは「ん？」と微笑んで返答を催促する。

しかたなく、彼はしぶしぶと、本当にしぶしぶと、頷いた。

ゼレクの方がずっと年上で、階級も上で、マリスは彼の背丈の胸程までしかない小柄な女性だというのに、二人の関係はいまだ完全に飼い主と犬のそれだった。

「じゃあ、ちゃんと謝ろうか。まず、そこからだよ」

ようやく手を離したマリスが、ゼレクの後ろでフォルカーに羽交い絞めにされたままのジェドの方を向くよう促す。

ふてくされた子供の顔のまま、それでも自分の方を向いて。

「……俺が悪かった」

それは正確には謝罪とは言えないものだったが、ともかく自分の非を認めたゼレクを、それぞれオレンジ色と青の目をまん丸にしたジェドとフォルカーが穴の空くような視線で見つめる。

すでにジェドはまったく抵抗していなかったが、フォルカーが拘束を解くのをうっかり忘れてしまうほど、二人にとってその光景は衝撃的なものだった。

しばらくの沈黙の後。

「猛獣使いハンパねぇ……」

と、ジェドが唇の端を引きつらせ。

「彼女だけは絶対に怒らせないようにしなければ……」

と、フォルカーの心の声がぽろりと漏れた。

＊＊＊＊

「王の起こした不祥事を、公にすることはできない」

ジェドとフォルカーが落ち着くのを待って、宰相は話を戻した。

「だが王には間もなく崩御による退位をしていただく。どうかそれで、手打ちとしてもらいたい」

勝利で終えたとはいえ、いまだ隣国との戦争の影響が色濃く残る国にとって、王が救国の英雄を相手に起こしたこの事件が表沙汰になれば、いったい何が起こるか予想がつかないほどだ。

宰相に言われ、もとより公正な裁きの場に王を引きずり出せるとは思っていなかったゼレクは頷いた。

「そのかわり君には、今回の件の謝罪も含めて、王都とは別の場所を用意しよう。これは私の個人的な印象だが、君は王都での権力を求めているわけではないだろう？　第一師団長という地位と、実績に裏打ちされた名声を持つ君には、その気になれば今すぐにでもこの国の軍部を掌握できるだけの力があるのだが」

ゼレクは短く「いらん」と答える。

第一師団長としての仕事ですら、ジェドとフォルカーをはじめとした部下たちの助けがなければまともにこなせなかった彼が、そんな面倒なものを望むはずがなかった。

そのあまりにも正直で無造作な返答に、わずかに苦笑を浮かべた宰相が頷く。

「ならばやはり、王都から離れた方が、君は今より気楽な生活が送れるだろう。我々王城の人間にとっては、救国の英雄である君が王都にいてくれるのが最も心強く、民心の掌握という意味でも効果的ではあるのだが。まあ、これから突然の王の崩御でその貴族たちの勢力図が変わって、王城はそれなりに慌ただしくなるだろうからね、その隙にどうにかしてみるとしよう。転居先については、後ほど幾つか候補をあげるので検討してみてほしい。無論、他にも望みがあるなら前向きに考慮するが、どうかね？」

「俺は、マリスのいるところにいられれば、それでいい」

率直なゼレクの言葉に、宰相はすぐさま同意した。

「それは当然のことだ。……黒狼の番を引き離すことなど、私は考えもしないよ」

誰よりもその痛みを知る彼の言葉は重く、ゼレクもようやく、宰相の申し出を信頼できるものと思えた。

そうした今後の話の最後に、ふと宰相が言った。

「良い女性と巡り合えて、君は幸運だな。あの鞭を持って君を制した時の彼女は、まさに黒狼に並び立つに相応しい対等の番。どんな芸術家が描いた伝説の王妃たちよりも、はるかに素晴らしい威厳があった」

ゼレクが即答した。

「ああ。惚《ほ》れ直した」

ジェドとフォルカーは正気を疑うような目でまじまじとゼレクを見たが、宰相は息子に同意するように、そしてどこか嬉しげに、小さく笑う。

そうして胸を張るゼレクの隣では、怒りのあまり完璧にキレていた時の自分がしでかしたことに今さら青ざめたマリスが、それでも彼の言葉に頬が熱くなるのを止められず、何とも言えない、いたたまれない気持ちでうつむきがちに身を縮めていた。


宰相との話し合いがまとまる頃には日も暮れて、マリスたちの長い一日が終わった。

マリスはゼレクの転移魔術で王都の自宅に戻ると、着替えもそこそこに彼と抱き合って狭い寝台へ倒れこむようにして横たわる。

短い時間の間にあまりにも色んなことがありすぎて、頭の中はごちゃごちゃだし、体はもう指一本動かせないくらい疲れ果てていた。

肉体を異形のものに変化させ、世界を滅亡の瀬戸際に追い込むほどの神威を顕現させたゼレクの方も、それは同じだったらしい。

二人してぐったりと寝台に沈み込み、それなのに、どうしてか眠れない。

「……クロちゃん」

ぽつりとつぶやくように呼んだマリスの声に、「ああ」とゼレクが答える。

彼もまだ起きているのだと分かって、疲れすぎてもう頭は半分眠っているような気がするのに、マリスの口は勝手に動く。

「クロちゃんは、クロちゃんじゃなかったね……。ずっとそう言われてたのに、私にはよく分からなくて、クロちゃんって呼んでたけど。……もう、クロちゃんって、呼んじゃダメだよね。でも、そうしたら、私はこれからどう呼べばいいんだろう？　師団長閣下？　ウィンザーコート師団長様？」

ぽつぽつと言葉を並べるマリスを、ぎゅっと抱きしめてゼレクが抗議する。

「嫌だ」

幼子が言葉を探すように拙く、けれどどうにか伝えようと、もがくように言った。

「マリスが、そんなふうに俺を呼ぶのは、嫌だ。……ゼレク・ウィンザーコートは、人を、物を壊すことしかできない、どうしようもない化け物の名だった。師団長とかいうのも、俺は望んでない。要らないものだ。……でも、俺は、ゼレク・ウィンザーコートだ。マリスが、どんなものでも、俺が俺であればいいと言ってくれたから、たぶん俺は今、はじめて『人』のゼレク・ウィンザーコートになった」

でも、それでも、と続ける。

「俺は、クロが、いい。マリスの犬の、クロが、いい」

焦がれるような声だった。

「マリスがクロと呼んでくれる時、俺は、嬉しい。たぶん、幸せ、なんだ。ゼレクと呼ばれていた時、そんなふうに思ったことは、一度もない。だから、マリス、人になった俺でも、クロと、呼んでくれたら、俺は、嬉しい」

懇願するような声だった。

「……うん」

マリスはぎゅっとゼレクを抱きしめ返す。

「うん、いいよ」

ゼレク・ウィンザーコートであった時、幸せだと思ったことは無いという彼が、マリスが「クロちゃん」と呼ぶだけで嬉しいと思ってくれるのなら。

「ずっとクロちゃんって呼ぶから。大丈夫」

今までと同じように、『うちの可愛い犬』にしていたように髪を撫でてやれば、強張っていた大きな体からゆっくりと力が抜けていく。

「……ん」

どこか泣く子供のような声で、ゼレクは頷いた。

眠りに落ちていきながら、ぼそぼそと言う。

「俺は、人だ。マリスが許してくれたから、人になった。でも、それでも俺は、マリスの、マリスだけの、クロが、いいんだ……」

わがままな子供みたいに言うゼレクを抱きしめて、マリスもうとうとと眠りに引き込まれながら、思った。

人になっても、クロちゃんは可愛いなぁ……、と。


翌日、昼過ぎに目覚めたマリスは、休暇が七日から十日にのびた、という室長からの手紙を受け取った。

宰相が手を回してくれたのか、あるいはもしやこれは遠まわしに退職を促されているのだろうか、とぼんやりした頭で思いながら、のんびりと起きだして身支度を整える。

それからいつものように食事の準備をしていると、その匂いでようやく目を覚ましたゼレクが、腕の中にマリスがいないことに気付いて寝ぼけたまま大慌てで飛び起きた。と思ったら、勢いが良すぎたのか、寝台から転げ落ちる。

狭い部屋に、じつに痛そうな音が響いた。

「クロちゃん、大丈夫？」

とてとてと歩いていって、寝台から転げ落ちたことにびっくりしているゼレクの隣にしゃがみこみ、マリスが聞く。

優れた身体能力を生まれ持つゼレクにとって、寝台から転げ落ちるなんて初めてのことだ。

けれどそんなことは今はどうでもよくて、ゼレクは隣にしゃがみこんで顔をのぞきこんでくるマリスを見た。

「どこか打ってない？　痛いところはある？」

ちょっと心配そうに額を撫で、寝ぐせのついた髪をそっと手櫛《てぐし》で直してくれる優しい指。

マリスがいる。

そばにいて、当たり前のことみたいに、撫でてくれている。

そのことに彼がどれほど安堵したか、きっと彼女は理解できないだろう。

「……もっと、撫でてくれ」

目を閉じて、小さな手に頬をすり寄せると、マリスの手が驚いたように止まってから、また動き出す。

撫でてもらえる心地良さにうっとりしながら、ゼレクは言った。

「マリスは、起きるのが早い」

ずっと不満に思っていたのだ。

言葉を交わせるようになったので、伝えてみる。

無意識に拗ねたような言い方になったのがおかしかったのか、マリスはゼレクの髪を撫でながらくすりと笑った。

「そうかな？　私は普通だと思うけど。クロちゃんはちょっと、お寝坊さんだよね。いつも起きるの嫌がるし。眠るのが好きなの？」

「マリスと、眠るのが、好きだ。あたたかくて、やわらかくて、マリスの生きている音が聴こえる……。ずっと、そこにいたいと、思う」

マリスが黙り込んでしまったので、どうしたのかと思って目を開くと、鮮やかな緑の瞳がかすかに潤み、頬がすこし赤くなっていた。

それを見てどうしてか、美味しそうだ、と思う。

そうしてゼレクが本能のまま距離を近づけようとした時、マリスが慌てて立ち上がった。

「えっと、眠るのも大事だけど、食事も大事だから！　だからね、私、ご飯作ってる途中だし、クロちゃんも、もう起きてね！」

早口に言ってさっと立ち上がり、ぱたぱたとキッチンに戻っていく。

そして、どうにか上気した頬から赤みが引いてくれることを願いながら、マリスは食事の支度に戻る。

けれどふと、出来上がった料理を二つの皿に盛りつけている時、自分が今までもゼレクの分として人の食事を用意していたことに、ようやく気が付いた。

ゼレクのために買った服や日用品も人間用のものだし、そういえば髪を切ってやったりひげを剃ってやったりしていた記憶もあるのだから、自分が最初から彼を人間の男性として扱っていたことは疑いようがない。

なにしろ彼と一緒に食事をとるために、窓辺に置いたテーブルの横にもう一脚、イスを買ってきている。

ゼレクを犬だと思い込んでいたくせに、何の疑問もなくそんな行動を取った自分は本気で意味が分からない、と思う。

それでもやはり、何度記憶を探っても彼女の目には彼が犬にしか見えず、その認識も完璧なまでに犬であったことが、今さらながら本当に不思議だった。

彼を拾った時、自分がだいぶ疲れていたことは、ここしばらくの連休の間になんとなく感じられるようになったが。

それにしても他の人々が全員「人だ」というゼレクを、どうしてマリスだけが「犬だ」と思ってしまったのだろう？


「そりゃあコイツが本当に犬だったからだろ。マリス嬢だけには真実の姿が見えてたってわけだ。いやー、人間になれて良かったな、ゼレク。マリス嬢がいなかったら、お前ずっと本当は犬のままだったんじゃねぇの」

もうずいぶんと前の事のように思える昨日の約束を守って、フォルカーがマリスの好きな焼き菓子を手土産に部屋を訪れた、翌日の昼。

雑談のついでにそんな話をしたら、一緒に来ていたジェドがそう言った。

「それなら俺が人間に見えていたお前の目は節穴か。なるほどな」

「なんだとテメェ！　喧嘩売ってんなら買うぞコラァ！」

寄ると触ると喧嘩しそうになるゼレクとジェドにもようやく慣れてきたマリスは、今日のはそれほど深刻なものではないと判断して放置だ。

騒ぐ二人の横で、平然と手土産の焼き菓子をもぐもぐ頬張る彼女を眺めて、フォルカーがつぶやく。

「おお、これが黒狼の番……」

何やら勝手に納得して感心している。

じつに平和な、穏やかなある日の昼下がりだった。

五章　夜明けの先の幸福

マリスの休暇延長は、十日で打ち止めとなった。

当たり前のように変わらずマリスの部屋で暮らすゼレクは、彼女より二日遅れて第一師団に復帰する予定だ。

そうしてマリスはいつも通りに起きるのを嫌がるゼレクをなだめてベッドを抜け出し、制服と臙脂色のローブを着て出勤した。

突発的に休暇に入った理由が理由なだけに、十日ぶりに職場の扉を開く時は、さすがにその手は緊張で強張ったのだが。

「お、ラーク。久しぶり」

先に出勤していたウィルが、驚くほどいつも通りに言う。

すこし驚いたマリスが、数秒遅れて「うん、久しぶり」と返すと、彼は自分の席からひらりと手を振って教えてくれる。

「今日は出勤したら応接室で室長と話してから仕事な。今なら誰もいないはずだから、早めに行っとけよ」

「応接室で？　室長と話？」

「確認だけだから、すぐ終わる。ほれ、行ってこい」

いったい何の確認をするというのか。ウィルはマリスも当然知っているものと思っているらしく、説明してくれる様子は無い。

マリスは首を傾げたものの、行けば分かるだろうと判断して応接室へと足を向けた。

目的の部屋に着くと、扉をノックする。

「室長。マリス・ラークです」

「ラークか。入れ」

別件の仕事をしていたのか、マリスが入ると手に持っていた書類を裏返してテーブルに置き、向かいのソファに座るよう促した。

「体調はどうだ？」

気遣うというよりも、単純に部下の状態を確認しようとする事務的な口調だ。

室長のいつも通りの不愛想さに、ちょっと安心したマリスは、次々と出される質問に簡潔な言葉で答えていく。

そうして互いに短い言葉でのやり取りを続けていくうちに、マリスは室長の質問から予想外の流れが起きていたことを知った。

どうやらマリスの連休は、この部署の過重労働をどうするか上層部が決定するのを待つための一時閉鎖だったらしく、他の職員たちも全員が休暇になっていた。

そしてその発端となった第一師団の元兵士の暴走について、居合わせた職員はマリス以外の全員が記憶封鎖措置を受けているらしい。

記憶封鎖措置とは文字通り、特定の記憶を思い出せないように閉じる、という魔術的な措置のことだ。

この措置を受けた者の記憶は特殊な魔術で契約書と紐付けられるため、誰かがその封鎖を無許可で解こうとすると、契約書を管理する資料室の職員が気付く、という仕組みになっている。

自身が受けることは稀であるものの、王城に勤めている者にとって、さほど珍しくはない言葉だ。

しかし、ジェドとフォルカーからは何も聞いていないし、自分はその措置を受けていない。

不安に思ったマリスは、なぜか彼女も記憶封鎖措置を受けている前提で状態を確認してくる室長との問答をやり過ごすと、何かあった時のためにと渡されていた魔道具でフォルカーと連絡を取り、状況を知らせた。

連絡を受けたフォルカーはすぐさま状況の把握に動き、マリスが同僚たちとともに久しぶりに自分の本来の仕事に取り組んでいるうちに、詳細を摑んできた。

彼からの折り返しの連絡が来たことに気付いたマリスは、そっと職場を抜け出し、人気のない場所でその話を聞く。

「どうやら魔術塔の上層部が独断で動いたようです。彼らとしては、第一師団の問題を無かったことにするというこの措置で、こちらに貸しを作りたかったらしいですね。しかし我々も彼らにはいくつか貸しがありますから。そのうちの一つが相殺になる程度で、表面的に何かが起こるような変化は無いでしょう。うちとしても、ゼレクの首輪姿の記憶を封じてもらえたのはありがたいですから。今回は喜んで応じますよ。あ、それと、ラークさんが措置を受けさせられることはありませんので、その点はご心配なく。ゼレクがあなたの部屋で暮らしていることまでは摑んでいないようですが、魔術塔上層部もあなたが第一師団の『関係者』であることは把握しているようでしたから。改めて私から彼らに、あなたに対しては手出し無用、とお話させていただきました」

お話……、って、本当に「お話」なんだろうか……。

おそらくこういったことは得意分野なのであろうフォルカーが、水を得た魚のようにすらすらと話すのを聞きながら、マリスはなんとなくそんな疑問を抱いたが、口には出さなかった。

それよりここは素直に感謝するところだと思う。

「ありがとうございます、フォルカーさん。私だけ措置を受けていないのに、室長も同僚たちもそれを知らないようだったので、どうなっているのかと思って。もし後でクロちゃんの記憶ごと封じられるようなことがあったら、とか……。長期間の記憶は封じられないから、たぶん大丈夫だろうとは思ったんですが、心配だったんです。フォルカーさんにそう言っていただけて、安心しました」

「いえ、こちらこそ、早急にご連絡いただきありがとうございます。おかげさまで事態の把握も早期に行えました。あなたの身の安全は我々にとっても重要ですので、これからも何かありましたらお気軽にご連絡ください」

いろんな意味で頼もしすぎる。

なるほど、彼とジェドのような人が副官だから、クロちゃんはああいう性格でも第一師団長として問題なく務めてこられたのか、とマリスはフォルカーの手慣れた対応を目の当たりにして深く納得した。

「はい、その時はよろしくお願いします」

神妙にそう応じて、フォルカーさんは敵に回さないようにしよう、と思う。

フォルカーにとって幸運なことに、以前、同じような言葉をマリスに対して彼がぽろりとこぼしたことは、一時に様々なことが起こり過ぎたせいですでに彼女の記憶には無かった。

＊＊＊＊

マリスの休暇終了から二日後、ゼレクも第一師団へ復帰したその初日。

「し、師団長ォォーッ!?　髪とひげが、な、な、無い!!　どこに落っことしてきたんですかァーッ!?」

第一師団の拠点で最初に遭遇した部下が、驚愕のあまり絶叫した。

ゼレクが無断欠勤しないよう、念のため一緒に来たジェドが、「驚くところはそこかよ」とつぶやいたが、確かに大きな変化ではある。

「師団長っ!?　えっ？　あれっ？　師団長っ？」

「良かった師団長生きてたぁー……、あああ？　師団長？　あれウィンザーコート師団長？」

ジェドが呆れている間にも、次々と寄ってくる兵たちは、ゼレクを最低五度見してから凝視して口々に騒ぐ。

彼とフォルカーが再会した時は、目を疑うようなものがその首にガッチリと装備されており、どう見てもその対であるものがマリスの首にもかかっていたので、すっかりそちらに気を取られてしまったが。

そういえば、極度の面倒くさがりで伸ばしっぱなしのボサボサ髪とモジャモジャのひげがトレードマークだったゼレクのこのさっぱりとした姿を見るのは、部下たちには初めてのことだったな、と思い出した。

幼馴染みのジェドでさえ、思い返せばひげが生える前から髪の手入れなどまるでしたことがないようなゼレクしか見たことが無かった気がする。

たまに伸びすぎた髪を掴んでナイフを当て、自分でバッサリ切って焼却処分するという、普通の人間にはとうてい手入れとは認められないそれが彼の最低限の手入れであったので。

「うっわ若！　もっと老け顔だと思ってたのに若ぁっ!!」

「やべぇ……、魔力の匂いも気配もウィンザーコート師団長なのに、目で見ると本気で分かんねぇ……」

集まってきた部下たちは、誰もがゼレクの姿に唖然として、その目が釘付《くぎづ》けになっている。

この騒ぎがおさまるまで、まるで仕事になりそうにない。

彼が暴走した元部下への報復をしに来た際には、さっさと見張りを放り出して地下牢の扉を閉めてしまったあげく、何の遠慮も無しに物騒な気配をまき散らしていたせいで、その姿にまで注意が向かなかったらしい。

訓練された兵たちにとって、ゼレクの存在は間違いようもなかったが、改めて身奇麗に整えられた姿を目にすると、大きな戸惑いが生じたようだった。

仕方ない、とため息をついたジェドが、パンッ！　と手を打ってその騒動を一瞬にして鎮める。

「師団長がお戻りになられて嬉しそうなお前たちに、朗報だ」

ジェドがニヤッと笑って言うと、騒いでいた兵たちがあっという間に青ざめ、ゼレクは面倒くさそうにそっぽを向いた。

そしてできれば外れてほしいと願う部下たちの期待に応じ、明るいオレンジ色の目を楽しげに輝かせたジェドは、見事に彼らが予想した通りの言葉を告げた。

「師団長が体ならしのついでに、これからお前たちに訓練をつけてくださるぞ。さあ、全員、ただちに訓練場へ集合！」

鋭く命令を放つその声に、一糸乱れぬ動作で敬礼した兵たちが「はっ！」と応じて走り出す。

日々の訓練の賜物《たまもの》たる、悲しき条件反射である。

しかし今日の彼らには、一縷《いちる》の望みがあった。

ヒソヒソざわざわと、小声で話し合う。

「師団長って、行方不明になってた間、どっかで暴れてたわけじゃないんだよな？」

「ないはずだ。それに前よりちょっと肉がついてる」

「ああ、それオレも気付いた。健康そうになったよな。でもそれと動けるかは別の話だ」

「しばらく動かなかったせいで肉がついたんなら、今日こそもしかして……」

「ああ！　念願の一撃が、とうとう入れられるかもしれんぞ！」

「おお！」

「ついにその日が！」

じつにささやかな願いであったが、彼らは全員、真剣だった。

なにしろ地獄の申し子のごとき師団長補佐官のせいで、こうした突発的な訓練はしょっちゅうだったが、国内最強のエリート集団の中でもゼレクに一撃を入れるというのは、部下たちの悲願になるほど不可能なことであったのだから。

先の戦争の折、前師団長の戦死により昇格したゼレク。

国内最強の存在として常に過酷な戦場で戦い、これまで肩を並べて訓練に励んできた仲間の顔が一つ欠け、二つ欠けてゆく辛い日々の中、彼は誰よりも先頭に立ち、退かず負けず最強であり続けた。

そんな『ゼレク・ウィンザーコート師団長』の背中は、部下たちにとって崇拝に等しい尊敬と畏怖を勝ち取るのに十分すぎるものだ。

だからこそ、彼に一矢報いることは部下たちの悲願だった。

自分たちは彼の率いる第一師団の一員なのだ、という矜持をかけて。

「今日こそ、一撃でも……！」

彼らはぐっと拳を握る。

一方、熱気を立ちのぼらせる部下たちの後ろをのんびりと歩き、手を抜いてさっさと終わらせようかな、とでも考えていそうな、やる気のない顔をしたゼレク。

隣を歩きながら、そんなことなどとうにお見通しの幼馴染みが言った。

「ゼレク、魔術は禁止な。壁を壊すのも地面を抉るのも無しで、一撃も受けずに全員に勝てよ。もし一撃でもくらったら、後でマリス嬢に話して大笑いしてやる」

それまでひどく面倒くさそうだったゼレクの目つきが、最後の一言でさっと変わるのを、おかしげに眺める。

ニヤニヤ笑うジェドが本気だと、それで察したのだろう。

嫌そうに口をへの字に曲げたゼレクは、ふと執務室がある方を見てから、訓練場へと向かう歩調を早めた。ジェドはその一瞥に首を傾げたが、同じ方を見てもとくに何も見当たらず、まぁいいか、と気にせず歩いてゆく。

そしてウィンザーコート師団長にはじめて一撃入れられるチャンスかもしれない、と密やかにざわめき沸き立ちながら訓練場へ急ぐ兵たちは、残念ながらその短くも重要なやり取りを見逃していた。

数十分後、第一師団拠点、訓練場。

石造りの壁に囲まれた長方形の剝き出しの土の上で、死屍《しし》累々、あるいは魚市場の魚のごとき惨状となった兵たちを眺めおろし、ゼレクがぽつりとつぶやいた。

「よく、見えるな」

　髪を切ったことに、今初めて気付いたような言いようである。

　その声を聞いた部下たちの心が、一つになった。

（（（これだけやっといて、ご感想はそれだけですか師団長ーっ!!）））

　だが残念ながら、実際にそれを声に出せるほど余力のある者は一人もいなかったため、ゼレクの耳には届かない。

　訓練場にただ一人息の乱れもなく無傷で立つ彼は、その身に修めた武術と剛力だけで部下全員を叩き伏せた。そして、これでいいんだろう、とでも言いたげに、近くの建物の壁に背を預けて見物していたジェドを見た。

　ゼレクには、まったく鍛錬などせず、マリスの部屋で愛玩犬のごとくひたすら甘やかされていた、約一ヵ月のブランクがあるはずなのだが。

　ジェドはちょっと遠い目になる。

　ブランクとは、いったい何だったのか……。

　久しぶりの対人戦。魔術使用禁止、やりすぎ禁止、という縛りの中、ゼレクは完璧に連携の取れた部下たちの魔術を駆使した猛攻を、あっさりとねじ伏せた。

　しかもジェドの見たところ、単純に力でねじ伏せたわけではなく、前よりも力の抜き方が巧みになり、受け流しや足さばきに無駄がなくなったがゆえの完全勝利だ。

今までですら圧倒的に強かったというのに、マリスと出会って甘やかされ、力を抜くことを覚えてさらに強くなっているという現状に、密かに戦慄する。

もう本当に、この男を倒せるものなど、どこにもいないだろう。

これでも師団長の力の衰えを懸念し、補佐官として突発訓練を課したつもりだった。けれど、その心配がまったく無用なものであったと目の前ではっきりと証明されてしまい、十分だ、と苦笑気味に頷く。

それを見たゼレクは、一度も抜くことの無かった剣を鞘《さや》に収めたまま、その先端を地面にトンッと軽く打ち下ろした。

「訓練を終了する。立礼は無し。休憩を許可する」

完膚なきまでに叩きのめされ、起き上がることもできない部下たちを整列させるのが面倒だったのだろう。

淡々と、一方的にそう告げてさっさと立ち去る師団長と、途中から彼に合流して建物に入ってゆく補佐官の足音を、部下たちは訓練場に転がったまま聞いていた。

しばらく荒い呼吸だけが響いていたそこに、やがてぽつぽつとぼやく声があがる。

「……誰だよ、今なら師団長に一撃入れられるかもしれん、とか言ったヤツ」

「いっそ清々《すがすが》しいほどムリだったな……。もう一生ムリなんじゃね？」

「いや、今日の師団長の強さは今までの中でも異常だったぞ。あれは補佐官が何か余計なことしたんだ。絶対そうだ」

「師団長、いつもやる気ねぇもんなぁ。やる気があるのは補佐官か副長が何か余計なこと言った時だけ……」

「くそ～、今日こそ一撃、せめて一撃、と、思ったのによォ……」

「しっかし、聞いたかお前ら？　今日初めて師団長が言った言葉」

「『よく、見えるな』」

誰かが声真似をして言うのに、ぶふっ、とあちこちで噴き出す声がする。

「一ヵ月ぶりに聞いた師団長の言葉が、『よく、見えるな』……！」

「訓練終わるまで何も言わなかったのに、最初の一言がそれとか……！」

「つーか、今日の朝に髪切ってきたんじゃねぇだろうに、今それに気付いたのかって話だよ……！」

げふっ、ぐふっ、とおかしな声をあげながらしばらく忍び笑いをしていた彼らは、けれどふいに、涙のにじんだ目で空を見上げて口々につぶやいた。

「あー……、師団長だなぁ」

「だな、ウィンザーコート師団長だよ」

「帰ってきたー」

「そうだな、帰ってきたんだなぁ、俺らの師団長が」

「めちゃくちゃ強ぇーのは変わんねぇのに、身奇麗になっちまってなぁ」

「ああ、前より肉も付いてたし、あれ絶対、女だな。師団長、女ができたんだ」

「ええ～？　あの師団長に女ぁ？」

「それ俺も思ったけど、相手の女がさっぱり想像つかねぇわ……」

「どんな女傑なんだろうな……」

ぽつりと誰かがつぶやいた声に、全員が沈黙した。

ウィンザーコート師団長の相手がどんな女性か、誰も想像できなかったらしく、しかしそのことが妙におかしくなって、笑いだす。

「なんだっていいさ、師団長、なんか前より元気そうだったし」

一人が言ったそれに、誰も反論することなく、ただ笑い声が広がっていく。

よく晴れた空は天高く青く、訓練場に転がったままの兵たちの楽しげな、嬉しげな声がこだまする。

しばらく後、副長フォルカー・フューザーの「おや、なにやら楽しそうですねぇ」という、地獄の使者の到来を告げる声が響くまで、兵たちの笑い声はやまなかった。

＊＊＊＊

一瞬、金まじりの琥珀の瞳と、視線が合ったような気がした。

こっそり執務室の窓から覗《のぞ》いていたマリスは、びくっと肩を震わせて一歩下がる。

「……もしかして、気付かれてしまいましたか？」

「あれはたぶん、気付いてますねぇ」

マリスがおそるおそる聞くのに、苦笑したフォルカーが頷く。

「こんなにしっかり隠蔽の魔術がかけられているのに、それでも気付くなんて……」

自身も魔術師だからこそ、その凄さを理解して、マリスは驚く。

副官であるフォルカーは慣れたもので、「ゼレクですからね」とさらりと流した。

「まあ、気付いても放置したところを見ると、ここにラークさんがいることについて、ゼレクは嫌がってはいないようです。予定通り、このまま様子を見ましょう」

マリスは「はい」と頷いた。

今、マリスとフォルカーは、ゼレクの執務室で隠蔽の魔術で隠れながら、窓越しに外を見ている。ゼレクとジェドが訓練場に向かって歩いていく背中が見える場所だ。

魔術塔十七室所属のマリスが、第一師団長の執務室などという場違いなところにいる理由は、フォルカーからの要請によるものだった。

曰《いわ》く、「ゼレクがまともに働くかどうか怪しいので、いざという時のための捕獲要員としてご協力願いたい」とのことである。

マリスの知る『うちのクロちゃん』の姿を思い返せば、「あっ、はい」と頷くしかなかった。

そうして、裏からどう手を回したのか不明だが、フォルカーは仕事として十七室からマリスをここまで連れだしたのだ。

幸い、ゼレクは今のところ脱走していないので、二人は訓練場に集合する兵たちの様子を眺めながら話を続ける。

「ええと、これからクロちゃんと第一師団の皆さんが、訓練をするんですか？」

「そのようですね。まあ、ここからでも声が聞こえるほどの大騒ぎが続いたのでは、仕事になりませんから。ゼレクとの訓練で体力を消耗させれば、騒ぎも収まるでしょう。……あれでも一応、この国の最精鋭の兵たちなんですがね。どうにも落ち着きのない脳筋連中で、困ったものです」

眼鏡を指先で押し上げて、ため息まじりにフォルカーが説明する。

「以前からジェドはよくこういった突発訓練をさせるんです。ゼレクは書類仕事をさせると集中力が続きませんから、その気分転換と、兵たちの鍛錬も兼ねて。ただ今回は、部下たちをおとなしくさせるついでに、おそらく今のゼレクがどれくらい動けるのかを見ておきたいのでしょう。しばらくラークさんのお宅で一日中寝ているような生活をしていましたから。もしも体が鈍っているなら、いざという時に困りますからね。補佐官として現状を把握しておく必要があります」

なるほど、と納得してから、マリスはちょっと申し訳ない気持ちになった。

ゼレクがまだ犬に見えていた頃、彼はケガをして疲れきっている様子だった。そのせいか人の姿に見えるようになった今でも、何となく甘やかしてしまっている。

けれど、それは彼にとってあまり良くないことだったのかもしれない、と。

しかしそんな考えは、あっという間にゼレク本人に否定されることになる。

「始まるようです」

「えっ？　もう始まるんですか？　でも合図も何も……、あっ、本当に始まってる」

「行動は迅速に、というのが我々の方針ですので。訓練とはいえ、隙あらば攻撃を仕掛けるのは当然です。まあ、どんなに隙を狙おうと、ゼレク相手には無駄なんですが」

驚きっぱなしのマリスが、目を丸くして見おろす先。

剝き出しの土が踏み固められた広い訓練場では、フォルカーの言う通り、ゼレク対部下一同の戦闘訓練が始まっていた。

ゼレクが中央に立ち、四隅に散った兵士が訓練場全体を覆う巨大な結界を張ったとたん始まった、合図も何もない戦い。

それでも最精鋭と言われるだけあって、第一師団の兵たちの連携は完璧だ。

一瞬で構築された攻撃魔術が全方位からいっせいに撃ち込まれ、中央に立つゼレクの姿が見えなくなる。しかし攻撃魔術がぶつかり合って起きる爆発の中、すでに全員が別の方へと視線を向けていた。ゼレクが隙間なく撃ち込まれたはずの攻撃魔術をすり抜けるようにして避け、前方へ移動していたからだ。

ちょうどゼレクが進んだ先にいた兵たちは、鞘に収められたままの剣の一振りで吹っ飛ばされて、結界の壁に叩きつけられる。

そこからは乱戦になった。

剣を抜いた兵たちが連携して果敢に攻め込むも、ゼレクは素早い動作で真正面から弾き飛ばし、あっさり受け流してから蹴り飛ばし、あるいは急に緩やかな動きで相手のペースを崩してその隙をつく。それは粗野で無造作な戦い方に見えて、攻守ともに完成された一流の戦士の動きだ。

一方、乱戦の後方からは他の兵たちが支援魔術で援護している。彼らは剣に属性付与をしたり、身体能力を上げたり、攻撃に瞬発的な加速を加えたりして支援する。

それでもゼレクの身には一筋の傷もつかず、構えた剣ごと打ち払われた兵が乱戦の輪の中から転がり出るばかりだ。

マリスは息をのんでその光景に見入った。

彼女が一ヵ月ほど甘やかしただけでは、微塵《みじん》も揺らがぬその力。

ベッドに寝転がり、のんびりとくつろぐ姿からはまったく想像できない、最強の兵士と畏れられるゼレク・ウィンザーコートが、そこにいた。

「……すごい」

ゼレクを目で追うことに夢中で、そんな言葉しか出てこない。

一切の無駄なく攻め込む第一師団の兵たちの連携が凄まじい精度で完成されているだけに、そんな彼らを遥《はる》かに上回る実力であらゆる攻撃をすべて打ち払うゼレクの異常な強さがはっきりと分かるのだ。

なにしろ戦いについては素人に近いマリスですら、ゼレクが全力で襲い掛かってくる部下たちに対して手加減をしている様子が見えるほどである。

マリスに向ける顔とはまったく違う、冷徹な眼差しが相手の力を瞬時に見抜き、長い手足がゆるやかに舞うように動いた時にはもう終わり。相手の攻撃は空を切り、ゼレクの一撃が決まって鍛えぬかれた兵士が軽々と吹っ飛ばされる。

「……いやはや、前より強くなってますねぇ。これも番効果の一つでしょうか」

どこか遠い目をしたフォルカーがつぶやいたが、マリスには聞こえていなかった。

知っているようで知らなかったゼレクがそこにいる。

鬣のような黒髪に縁どられた精悍な顔立ちに表情は無く、どこまでも冷静に、冷徹に、一人で大勢の敵を圧倒し、戦場に王のごとく君臨する最強の男。

貴族が習うような模範的な剣技ではなく、どこまでも実戦的な獣じみた戦い方ではあったが、無駄のないその動きには独特の美しさがあった。

ゼレクに向かっていく兵たちが、体力切れ、魔力切れで次々と脱落していく。

それでもゼレクは息一つ乱さず、黒の軍服には土埃《つちぼこり》さえつけず、四方から襲い掛かってくる部下たちの剣を、くるりと舞うような一閃《いっせん》でほぼ同時に弾き飛ばす。

この姿もまた、ゼレクなのだ。

ふと思って、マリスは気が付いた。

彼は年上で階級も高く、すでに『救国の英雄』と呼ばれるほどの功績を上げた大人の男性だ。

マリスの前では『うちのクロちゃん』の顔をするから。

無防備に甘えてきて、それに応えてあげれば嬉しそうにするから。

こんな冷徹な顔もあるのだと知らなくて、きちんと理解していなかった。

(……え。ちょっと待って。私、大人の男の人を『うちの可愛い犬』扱いしてる？　しかも『救国の英雄』で、こんなに強い人を？　……それって、ダメなのでは？)

自覚すると同時にそう思ったが、だからといって今さら他の接し方などできそうもない。それに、そもそもゼレクの方が犬扱いを望んでいる。

自分はゼレクという名の人間だけれど、それと同時にマリスの犬のクロでもありたい、クロと呼んでほしい、とはっきり言葉にして彼に頼まれたのだ。

それでもう、マリスは今までのように純粋な気持ちでゼレクを「クロちゃん」と呼ぶのは難しい気がした。

だって、それほどに。

(……無理。かっこいい。クロちゃんなのに、クロちゃんじゃない……！)

マリスが頬を赤くして見つめる先で、自分よりも大きな体つきをした兵士が真正面から衝突するのを、あっさりと打ち返す理不尽なまでの強さ。

その強さに驕《おご》ることなく、常に冷静に状況を把握し、死角からくる攻撃をさらりとかわす視野の広さ。

鞘に収めたままの剣を部下に当てる瞬間、わずかに勢いを落とす見極めの正確さは、訓練場のあちこちに転がる力尽きた部下たちの中に、大ケガをした者が一人もいないことが証明している。

一対多数の戦闘訓練という状況で、そこまで出来るゼレクの強さは美しかった。

人を、物を壊すことしかできないと彼が言ったその強さが、マリスの目にはこの上なく美しく、格好良く映った。


「おー、嬢ちゃん、ご苦労さん。フォルカーから聞いたけど、今日は一日こっちに居てくれるんだって？　助かるわー。こいつ、書類仕事になるとポンコツだから」

戦闘訓練が終わった後、フォルカーが出て行ってすぐに来たジェドが言った。

訓練場に転がる部下たちを片付けてきます、と言い置いていったフォルカーが、こちらに来る途中のジェドに事情を説明しておいてくれたらしい。

「マリス」

一方、ジェドと一緒に執務室に入ってきたゼレクは、飼い主を見つけた犬のように、まっすぐにマリスの元へ歩いて行ってぎゅっと抱きしめた。

「一緒にいられるなら、一緒に来たかった」

まだ頰の熱がどうにもならないまま、いきなり抱きしめられたマリスは、内心ひどく動揺しつつ、どうにかポンポンとゼレクの背を撫でてなだめてやる。

「ごめんね、クロちゃん。今日ここへ来ること、私も知らなかったから」

「いや、そりゃそうだろ」

小柄なマリスを軽々と抱き上げ、来客用のソファに座って膝の上に乗せたゼレクを半眼で眺めながら、ジェドが言う。

「ゼレク、嬢ちゃんと並んで外歩くのはまだ駄目だぞ。そんなことしたら、一発で嬢ちゃんが狙われるようになる。今、宰相閣下が根回し中なんだから、しばらく待て」

マリスの肩に顔を埋めてすんすん匂いを嗅ぎながら、ゼレクはその声を無視する。

「わっ、ちょっと、クロちゃん、待って待って！　ここ私の部屋じゃないから！　お仕事するところだから！」

ゼレクはマリスの匂いが好きらしいが、マリスとしてはすごく恥ずかしい。

できればやめてもらいたいけれど、マリスが嫌がると、ゼレクはこの世の終わりのような悲壮な顔をしてじいっと彼女を見つめ、「……ダメか？」と聞くのだ。

そんな顔をされると、自分よりも大きな男性なのに、かすかに潤んだ瞳が捨てられた子犬のように見えて、どうにも拒絶しきれない。

マリスは何度かそれを繰り返し、これはもうしょうがないと折れることにした。

それでもさすがに、こんな場所でされては羞恥心が限界を超えてしまう。

「おいこらゼレク！　せっかくまともな身なりになって女が騒ぎそうな顔が出てきたっつーのに、言動が残念すぎるんだよお前は！　そういうのは家でやれ！　独り身の俺への当てつけか⁉　喧嘩売ってんなら買うぞ！」

がっちりと抱き込んでくる腕の中でマリスがジタバタ抵抗していると、ジェドがスパーンとゼレクの頭を叩いて怒鳴った。

二人から叱られ、さすがにダメなのだと理解したゼレクは、がっかりした様子を隠しもせず、不満げな顔でマリスを解放する。

慌ててゼレクの膝から下りて、ソファから少し離れたマリスは、先ほどよりもっと赤くなってしまった頬を誤魔化すようにコホン、と咳払《せきばら》いをして言った。

「はい、じゃあクロちゃんはお仕事してください。私は邪魔にならないよう、静かにしていますので」

「ほれ、飼い主様のご命令だぞ。さっさとそっち座れや」

うんうん、と頷いたジェドが執務机の向こうにある革張りのイスを指す。

ゼレクはマリスを縋《すが》るように見つめたが、彼女もまた無言でそのイスを指差したので、仕方なく、本当に嫌そうにしながら、指示に従った。

「よし。そいじゃまずこいつからだ。さっさとペン持て」

「マリスがここに来てくれたらやる」

ゼレクが自分の膝をぽんと叩いて言うと、ジェドが書類の束を机に叩きつけた。

「エロジジイかよ‼」

激怒するジェドに、言われたことの意味が分からず、きょとんとするゼレク。

マリスがハラハラしながら見守っていると、ゼレクが言った。

「じゃあマリスと一緒に帰って寝る」

帰るんじゃねぇよまだまともに仕事してねぇだろこの大馬鹿野郎！　といつものように怒鳴ろうとしたジェドは、ふと気付いて口を閉じた。

そう、今日はいつもと違うことが一つある。

ジェドはくるりと振り返って、固まっているマリスを手招く。

「嬢ちゃん、ちょっと来てくれ」

「えっ？　あっ、はい？」

直前まで激怒していたジェドの急変にびくっとしたマリスだが、とりあえず呼ばれたので二人の方へ近づいていく。

マリスが歩いてくるだけで、目に見えてゼレクの機嫌が良くなり、それを横目にジェドが書類とペンを差し出す。

「このポンコツにペン持たせて、ここにサインさせてもらえるか？」

「ええっ？　でも私、部外者なんですが。書類に触ってもいいんですか？」

「執務室入る前、フォルカーに言われて守秘義務についての誓約書にサインしただろ？　この部屋に入るのには必要だからって」

「それは、はい、サインしました」

「じゃあ大丈夫。はい、これペンと書類ね。俺は次の書類、用意しとくから」

「え、えええぇぇ……？」

国防を担う軍の最精鋭、第一師団の書類に触るとか怖すぎる。

マリスは怯えたが、執務机の向こうでゆったりとイスに座ったまま、ただ彼女を眺めてのんびりしているゼレクの姿に察した。

ああ、これは本当に仕事やる気ないな、と。

冷徹な眼差しで戦場に君臨していた一流の戦士の姿に頬の熱がなかなかおさまらなかったマリスだが、甘えん坊でちょっとワガママなところのあるいつもの『うちのクロちゃん』を見て、苦笑した。

あんなに強い人なのに、こういうところを見ると可愛いなぁと思ってしまう。とはいえ、ジェドをこれ以上困らせてはいけないだろう。

まだ少し胸の鼓動が落ち着かないけれど、なんとか平静を装って声をかける。

「クロちゃん、お仕事しよう？　ジェドさん困っちゃうし、今は仕事の時間なんだから。さあ、ペンを持って？」

マリスが隣に立ってペンを渡すと、ゼレクは素直に受け取った。

「良い子。ほら、ここにサインするんだって」

ゼレクの黒髪をさらりと軽く撫でて褒めてやってから、書類を前に置いて指差す。

髪を撫でてくれた優しい手を名残惜しそうに見送ってから、大きな手なのにすらりとした美しい形の指で握られたペンがさらさらと紙を滑り、彼の名を書き記した。

「うん、できたね。じゃあ次、これだって」

無言で次の書類を渡してサインをするところを教えるジェドの、いつになく真面目な顔に戸惑いながら、マリスはそれを受け取ってゼレクの前に置く。

しばらくそれを繰り返すと、ゼレクが素直にサインする書類と、ほとんど内容を見もせずに机の端にあるカゴに放り込まれる書類があることに気が付いた。

マリスがちらりとジェドを見ると、無言で頷かれたので、どうやら問題ないらしい。

サインしているだけに見えて、何か判断を下しているんだな、と心の中で感心する。

うっかり機密事項をのぞき見してしまうのが怖くて、できるだけ内容を見ないようにしているマリスにはよく分からないが、それもゼレクの仕事なのだろう。

そうして何枚もの書類にサインをさせ、集中力が切れてきたら撫でてなだめてどうにか前を向かせて、どれくらい時間が経っただろう。

「おや、妙に静かだと思ったら、珍しくゼレクがペンを持っていますね」

ノックもなく執務室に入ってきたフォルカーが、目を丸くして言う。

執務室なら書類仕事をしているのが当たり前だろうに、ペンを持っているのが珍しいの？　とマリスも一緒に目を丸くする中、ジェドが真剣な顔で言った。

「フォルカー、俺は第一師団長補佐官として提案したいことがある」

いきなり言われたフォルカーがジェドを見ると、彼は重々しく告げた。

「今、お前が来るまでの時間で、いつものゼレクの仕事、一ヵ月分が終わった。もうマリス嬢を補佐官にするしかないと思う」

フォルカーも驚いただろうが、マリスも驚いた。

今ので一ヵ月分って、そんなことある？　と。

そんなこんなでゼレクの桁違いの強さと、書類仕事が壊滅的に進まないことを知ったマリスは、マリスの異動を真剣に考え始める副官二人をどうにか諦めるよう説得し、暇ができるとかまってもらいたがるゼレクを撫でてやってなだめつつ。

とても慌ただしい一日が、どうにか無事に終わった。

＊＊＊＊

「今すぐマリスのいるマリスの部屋に行きたい」

「マリス嬢は仕事中だ。そんでお前も仕事中なんだよこのボケ。さっさとその書類片付けろや」

マリスが捕獲要員として呼ばれたゼレクの復帰初日から、数日後。

仕事中、唐突にペンを放ってそんなことを言い出したゼレク。

落ちたペンを拾ってその手に押し付けたジェドは、いつもながらの彼のやる気の無さにうんざりしつつも、容赦なくせっついた。

「マリス……」

押し付けられたペンを嫌そうに握ったものの、いっこうに仕事を再開しようとせずぼんやりつぶやく師団長に、「まだ言うか」と補佐官の顔が引きつった。

「いや、呼んでも来ねぇし行かせねぇからな？　つーか、マリス嬢が仕事中だってことくらい分かってるだろ。今、あの部屋に行ったって誰もいねぇぞ」

「関係ない。俺は、マリスのいる、マリスの部屋に行きたい」

同じことをまた言われてうんざりしながら、ジェドはふと気付いた。

珍しい。

ゼレクと会話しているぞ、と。

無言で頷くか、黙ったまま無反応でいるか、その場からいなくなってしまうのがゼレクの返事。幼馴染み故にそのことに慣れすぎて、まさか会話できる日が来ようとは思わなかった。

マリスと出会って、野生の猛獣のようだったゼレクが「人間」になってからまだそれほど時は過ぎていないが、それでも前よりずっと成長しているようだ。

「つまりお前は、記憶の中にある『マリスのいるあの部屋』に戻りたいんだな。そりゃあ、あれだな、『帰りたい』ってやつだ。俺もよくあるぞ。とくにお前の相手してると、むしょうに『帰りてぇな』と思う」

返事の中にうっかり恨み言が混じったが、これまでかけられてきた苦労を思えば可愛いものである。

そしてそんな恨み言などまるで気付いたふうもなく、「違う」とゼレクが反論してきた。

「帰るは、寝床に戻る、だろう。俺は寝床に戻りたいんじゃない。マリスのいる、マリスの部屋に、今すぐ行きたい」

「はぁ？　だから、それが『帰りたい』ってやつだろ？　……って、ああ！　そういうことか！」

ジェドはぺちっと自分で自分の額を叩いた。

そして、こいつはいきなり何をしているんだ、と怪訝《けげん》そうな様子で見てくる幼馴染みを、思わず指さして言う。

「お前、『帰りたい』と思うの、これが初めてなのか！　そんで、今まで帰るってのは寝床に戻るって意味しかないと思ってたのか！　ああ、あー……。ゼレク、お前、マジで、人間一年目なんだなぁ……」

なんだか妙にしみじみとした口調で言われ、ゼレクはその声にまじる憐《あわ》れみを察知した。それが何であるかは理解できなかったものの、不快そうな様子でむすっとした顔になる。

しかしジェドはジェドで、こちらもそんなことなど気にしたふうもなく、遠い目でつぶやいた。

「分かっちゃいたけど、信じらんねぇな……。俺らもう三十過ぎだぜ……。それなのに、なんで俺は今さら幼馴染みが赤ん坊から幼児に成長したところを見せられてるんだ……？」

事情は知ってるが意味が分からん、と、ジェドはため息をついた。

慣れないことはするものではない。やはりこの男の情操教育と躾《しつけ》は、飼い主で調教師で恋人な彼女に任せよう、と思う。

「もういい。この話は終わりだ。どうしても気になるなら仕事が終わって帰ってから、マリス嬢に聞いてみろ」

一方的に話を打ち切って仕事を再開させたジェドに、マリスに聞く、という一点で納得したゼレクが頷く。

そして、副官が（こいつ本当に扱いやすくなったなぁ）と心の中で思っているとは気づきもせず、相変わらずやる気は皆無であったが、ともかく再び書類仕事にとりかかった。

その日の夜。

「マリス。……いいか？」

夕食の片付けを終えたマリスは、いつもとは少し違う様子のゼレクが遠慮がちに名を呼ぶのに、心配そうな顔で傍へ行く。

そしておずおずと伸ばされた大きな手に、自分の手を重ねた。

「いいよ。クロちゃん、今日はなんだか元気がないね。何かあったの？」

「今日、昼に、ジェドと話した」

寝台に座ったゼレクに手を引かれ、マリスは自然とその膝に乗る形になった。摑まれている方の手はそのままに、マリスは空いている手を伸ばしてゼレクの髪を優しくすいてやる。

それに気持ち良さそうに金まじりの琥珀の目を細めたゼレクが、マリスの手を離して両腕で彼女の小柄な体をぎゅっと抱きしめた。

「どんな話をしたの？」

ゼレクの復帰初日に、彼の桁違いの強さと戦場に立つ時の冷徹な眼差しを見てから、マリスは彼を見る目が少し変わった。

触れる時に鼓動が早くなり、頬が熱くなって、どうしようもなく落ち着かない気分になることがあるのだ。

けれど今は、ゼレクの様子があきらかにいつもと違う。

心配で、ごろごろと懐いてくる大きな愛犬を撫でてやりながら、やわらかな声で問いかける。

黒髪の大型犬は主人の細い手に撫でられるのにうっとりしていたが、しばらくすると話し始めた。

「俺は今日、はじめて『帰りたい』と思ったんだと、言われた」

これまで話というものをほとんどしてこなかったゼレクは、自分の考えを話すことが苦手だ。

けれどそれでも、マリスとは話したかった。

不器用で分かりにくい言葉にじっと耳を傾け、理解した内容をまとめて「こういうことかな？」と一緒に考え、その鮮やかな緑の目に彼を映してきちんと意思を確認しようとしてくれるマリス。

彼女とのそうしたやりとりを、ゼレクはとても気に入っていた。

一方、どうにかゼレクの言いたいことを理解したマリスは、涙目になる。

「ううっ……！　クロちゃん、苦労したんだねぇ……！」

今まで「帰りたい」と思える家が無かっただなんて。

この子はひどいケガをしていただけでなく、帰る先を心に思い浮かべることもできなかったのかと、それはなんという辛いことかと、ぎゅっとゼレクを抱きしめる。

「この部屋はクロちゃんにはちょっと狭いだろうけど、いつでも帰ってきてくれていいからね……！　ここはもう、クロちゃんの部屋でもあるんだから……！」

半泣きの涙声で言いながらぎゅうぎゅう抱きしめると、腕の中のゼレクの体からゆるゆると力が抜けていくのを感じた。

頭の上で深く息をついたゼレクの、大きな腕がマリスの背に回る。

こうなるともうマリスが抱きしめるというより、ゼレクの腕にすっぽりと抱き込まれてしまう。小柄なマリスと長身のゼレクでは、体格が違い過ぎるのだ。

マリスはふと、先日、第一師団の訓練場で見たゼレクを思い出した。

鍛え抜かれた兵たちの中にあっても埋もれることなく、唯一無二の、圧倒的な存在感を持って場に君臨していた一人の男性の姿。

するとあっという間に視線を奪われ、夢中で見つめた彼が、自分の腕の中にいるゼレクなのだと急に意識してしまう。

頬が熱くなり、うぐ、と妙な声がこぼれそうになるのを必死で我慢する。

今はそんな場合じゃない、彼は深い悩みを打ち明けてくれて、その傷を少しずつ癒そうとしているところなのだから、と自分で自分に言い聞かせる。

そんなマリスを抱きしめ、ゼレクは彼女のあたたかくて小さな体にぴったりとくっついて、もう一度、深く、息をした。

マリスの言葉を聞いて、彼はその時、ようやくジェドの言ったことの意味を理解したのだ。

——今まで帰るってのは寝床に戻るって意味しかないと思ってたのか！

帰る、という言葉にそれ以外の意味があるなんて、今まで考えたこともなかった。

けれどゼレクの認識では「マリスのいる部屋に行きたい」が正解であったはずのその衝動は、ジェドが言う通り、確かに「帰りたい」だったのだ。

そして彼が「帰りたい」と思ったのは、寝床でも、マリスが「いつでも帰ってきてくれていい」と言ってくれたこの部屋でもなく、ここだった。

彼を思ってこれほど強い感情を持ってくれるマリスの、腕の中。

彼女の体温を、今生きて傍にいてくれることを、肌で感じられる、世界で一番、ゼレクが安心して目を閉じられるところ。

二人は互いをぎゅっと抱きしめる。

マリスは鼓動が早くなり、落ち着かなくなることに少し涙目になりながら。

ゼレクはこの上ない安堵と、深い満足を感じて無意識にやわらかく微笑みながら。

そうして、現実逃避気味にゼレクの髪を撫でてやるマリスの指の優しさを、どうしてか少しもどかしく感じながら、彼はふと、気が付いた。

じゃあ俺は今、帰りたかったところに、帰ってきたんだな、と。


翌日からゼレクの仕事中の口癖が「帰りたい」になり、数日後、あまりにもそれが続くことにとうとうブチ切れたジェドと「そんなに帰りたいんなら生まれる前の場所に帰らせてやんぞゴラァ！」という乱闘が発生、師団長執務室の備品が大破する事態となった。

その後、二人を並べて始末書を書かせながら、事の顚末《てんまつ》を聞いたフォルカーが呆れ顔で言う。

「第一師団の長とその補佐官が、いったい何をしているんですか。子供だってこれほどの喧嘩をするなら、もう少しマシな理由を出してきますよ。あなたたちはその地位とその図体《ずうたい》で、いったいいつまで三十二歳児を続けるつもりなんです？」

銀縁フレームが光る眼鏡の奥、凍りついた湖を思わせる青い目から放たれるその冷たい眼差しに、幼馴染み二人はこの日ばかりは揃ってさっと視線をそらした。

＊＊＊＊

マリスとのあたたかく穏やかな生活が続く中、その事件は突然起きた。

「それで？　なんで今日のお前はそんな不機嫌なんだ？」

ある日、朝から険しい表情で出勤してきたゼレクに、出くわすなりジェドが聞いた。

いくら幼馴染みで補佐官のジェドといえど、しょっちゅうゼレクにかまってばかりいるわけにはいかないので、実害が無ければ放置しておきたいところだが。

機嫌の悪いゼレクは、普段でさえ強烈な存在感を、部下が命の危険を感じて絶対に近付かないようにするほど物騒なものにする。

そのせいで部下たちが動けず、仕事に差し障る、という実害が発生するのだ。

幼馴染みだから、というだけの理由で昔からワンセットにされて迷惑をかけられ続けてきて、いいかげんその性格に慣れてはいたが、上官としても厄介であるこの現実に内心ため息が尽きない。

「……マリスに叱られた」

険しい表情でぼそりと言うゼレクに、ジェドが深々と頷いた。

「そのうち絶対そうなると思ってた。これまでマリス嬢はよく我慢したなぁという気持ちしかない。それで、いったい何をやらかしやがったんだ？」

「どうして俺がやらかした前提なんだ」

「でもそうなんだろ？　解決策教えてやるから、ほれ、さっさと何をやらかしちまったか吐けや」

驚きもせず淡々と言って、心なしかオレンジ色の目で呆れたように見下ろしてくるジェドを、身長はこちらの方がやや高いはずなのに、どこか恨めしげな目でゼレクが睨み上げる。

しかし解決策を教えてやる、と言われたのが大きかったのだろう、しぶしぶながら不器用に言葉を並べて話した。

「くそバカップルめ……！」

そうしてその内容を聞き終えたジェドが、赤みがかった金髪に片手を突っ込んでうなりながら絞り出した、最初の一言がこれである。

マリスに日々たっぷりと甘やかされたゼレクが、とうとう夕食の支度をする彼女にじゃれついて離れなくなってしまった。それを厳しく叱られ、寝る時まで一切の接触を禁じられた、というだけの話だったからだ。

忙しすぎて恋人を作る暇もないジェドにとっては、俺に惚気るんじゃねぇ！　と叫びたくなるほどくだらない、些細なこと。

しかも接触禁止令を解いたマリスは、「忙しい時はもう邪魔しちゃだめだからね」と優しく言っただけで許し、あとはいつものように寝台で一緒に休んでくれたというのだから、彼女はどれだけ甘い飼い主なんだ、と思わずにはいられない。

ジェドとしては、もっと厳しく躾けてくれていいんだぞ、もっと厳しく！　と言いたい気持ちでいっぱいだ。

しかしそんなジェドを、話したんだから解決策を教えろ、と無言でゼレクが威圧してくる。

食事の支度を邪魔して叱られたのは昨日の夜のことらしいが、どうも今日の朝食の時も「だめだからね」と言われて近付かせてもらえなかったので、これはちゃんと許してもらえてないのではないかと、ゼレクは悩んでいるらしい。

ジェドは、いやそれ単純にお前が邪魔だっただけなんじゃね？　マリス嬢は今まで言うの我慢してただけだろ、と口にしかけて、やめた。

迂闊なことを言って、もしゼレクが落ち込んでしまったら、拗ねて今日の仕事を放り出してしまうかもしれない。

大人としてそれはどうなのか、と思うこともあるが、残念ながらそういうことを何の違和感もなく平気でやってのけるこの男が師団長であるのが現実だ。よって補佐官としては、そんな事態は出来るかぎり避けたい。

そして口をつぐんで改めて考えてみれば、人としての経験値が低い、どころかゼロに近いゼレクにとって、マリスとのこうしたコミュニケーションは何もかもが初めてで手探りの状態なのだ、と思い至った。

彼に甘いマリスでなければ、とうに破局していたのではないか、という場面は今まで多々あっただろう。

しかしこの先、マリスが経験値ゼロのゼレクに耐え切れず破局してしまう可能性も、無いとは言いきれないわけで……。

考えたくもないことを一瞬考えてしまい、そうなった時にゼレクがもたらすだろう地獄絵図が頭に浮かんだのを無理やり振り払ったジェドは、思考を切り替えた。

幸いなことに、今はそうはなっていない。

ならばジェドがやるべきは、ゼレクにこういう時のマリスへの謝り方を教えてやることだろう。

頭に浮かんだ地獄絵図が現実にならないよう祈りつつ、ジェドはできるだけいつもの口調で軽く言った。

「しょうがねぇな。後で誰かに花買いに行かせるから、お前は今日帰る時にそれを持ってってって、マリス嬢に渡せ。そんで、昨日は悪かった、っつって謝れ」

「……それだけか」

そこはかとなく不満げなゼレクを、せっかく助言してやってんのに文句つけんじゃねぇ、とばかりに睨み返し「それだけだ」と応じる。

しかしこの案にゼレクが納得しなかった場合、彼がどんな余計なことをしでかすか不安に感じたのも事実だったので、仕方なく言葉を付け足す。

これも未来の地獄絵図を防ぐため。

「花もらって怒る女はそうそういねぇよ。マリス嬢はお前みたいなどうしようもない奴でも見捨てないような優しい女だし、そう怒ってるふうでもなかったんだろ？　ちゃんと受け取ってくれるさ。そうしたら仲直りだ。安心しろ」

本当にそうなのか、と、どこか不審げな顔をするゼレクに、「そうだっつってんだろ」と面倒くさそうに返しながら、ジェドは（あれ？　ちょっと待てよ？）と固まった。

「……おい、ゼレク。お前、マリス嬢に何か贈ったことはあるか？」

「おくる？」

何を言われているのか分からない、という顔で聞き返してきたゼレクに、片手で顔を覆いながら、気付いて良かった、と心の底から安堵する。

自分の迂闊な助言のせいで、『救国の英雄』を「恋人への初めての贈り物を部下に選ばせた男」にするところだった。

今は恋人もいない独り身のジェドだが、お付き合いというものをしたことはある。

そして恋人への初めての贈り物を他人に選ばせるのは「無い」というのも分かる。

正直なところ、ゼレクには遅々として進まない仕事をさせたいのだが、これはもう仕方ないだろう。

師団長代理として朝から一日中会議に出席するはめになっているフォルカーだって、さすがにこれには怒らないはずだ。

国で一番厄介で問題児なゼレクを引き受けてくれたマリスには、ジェドもフォルカーもそれなりに恩を感じているのだから。

「ゼレク、ちょっと予定変更だ。昼休みになったら花屋に行くぞ。そんで、お前がマリス嬢に贈る花束を選ぶんだ。いいか、今日はお前が選んだ、初めての贈り物を持って帰るんだ。マリス嬢はそれでも許してくれないと思うか？」

ゼレクは先ほどまでの不審げな顔が嘘のように、明るい表情になった。

「許してくれる」

人間としての経験値が低いゼレクだが、自分の選んだ初めての贈り物なら、きっとマリスは喜んでくれるだろうと思った。

そうしてやっと彼が気を落ち着けたので、しばらくすると師団長の決済待ちの書類を抱えた部下が遠慮がちに扉をノックする音が響く。

よしよし、と頷いて仕事を始めたジェドは、ゼレクに書類を処理させてから昼休憩に入ると、彼に私服へ着替えるよう指示した。

仕事柄、制服では困る場所へ行くこともあるため、常備してあるものだ。

同じく自分も私服に着替えてから、ゼレクを連れてまずは食堂へ行く。

そしてちょうど食堂で昼食を取っているところだった部下の一人を見つけると、おい、と声をかけた。

「前に言ってた花屋の娘、名前くらい聞けたのか？」

「えっ？　……はっ？」

師団長補佐官からの急な質問に目を丸くする彼に代わり、周りにいた兵たちが口々に状況を教えてくれる。

「それがまだなんですよねー」

「こいつヘタレすぎて笑えますよ」

「いっつも陰から見てるだけだもんな」

「そのうち不審者通報されて警邏兵に捕まりそうです」

「あの娘、可愛い看板娘なんだから、早く声かけないと他の男に取られるぞって言ってるんですけどねー」

「あー、取られてからも陰から涙目で見てるところが目に浮かぶ」

「うっわ、それマジで不審者じゃねぇか」

「お前それだけはやめとけよ。ヤケ酒くらいは付き合ってやるから」

言いたい放題に言われっぱなしの当人は、もうすでに涙目である。

赤い顔で「うるさい！」と叫びはしたものの、言われている内容や予想は正しいらしく、返す言葉に詰まっていることは一目瞭然だった。

「なるほどな」

そうして言われっぱなしの彼に何を思ったのか、ニンマリ笑ったジェドが命じた。

「じゃあお前、これからその娘の花屋に行くから、一緒に来い。それだけ付きまとってんなら、花にも詳しいだろ」

「はいぃ⁉ な、なんでそんなことッ⁉」

飛び上がらんばかりに仰天した彼がイスから転げ落ちそうになるのに、ジェドはかまわず「ん」と親指で背後のゼレクを指し示す。

「これからこいつと花買いに行かなきゃならねぇんだよ。だがこいつは花なんぞまったく知らんし、俺は俺で『もうお前は贈り物を選ぶな。金の無駄だ』と言われてるんでな。花に詳しいヤツが要るんだよ。今」

「えええええぇぇぇぇ‼」

部下たちが声を揃えて驚いた。

ウィンザーコート師団長が花を買いに行かなければならないことも驚きだが、ジェドが平然と「贈り物選びのセンスが皆無」と言われたことを暴露したことも驚きだ。

「……さすが鬼の補佐官。感性が普通の人間と違う」

ぼそっと端の方で誰かが言い、思ったより響いたその声に焦った他の部下が、どうにかそれを誤魔化そうと叫ぶ。

「あ、あのっ！　補佐官殿はいつも、贈り物選びはどうなさっているのですかっ？」

「フォルカーに晩飯おごる代わりに頼んでる。あいつに頼むと間違いねぇんだよ」

ジェドは堂々と答えた。

部下の一人はその言葉にふと思い出したことがあった。

以前、第一師団に対して当たりの強い文官がいた。

厄介なことにそれなりの地位にあるものだから、師団長代理として会議へ行くフォルカーは彼に地味な嫌がらせをされていたらしい。

ある時、その文官にフォルカーが小さな箱を「ささやかな手土産です」と言って渡していた。

その後、かの文官が第一師団に絡むことはなく、フォルカーがにっこり微笑めば、むしろ会議では第一師団に有利な発言をするようになったという。

うっかり恐ろしいことを思い出してしまった部下は、思わずぶるっと震えてから、そんなフォルカーを夕食代で贈り物選びに使うジェドを見て考えた。

師団長も人外級の傑物だが、その左右に並び立つ昔馴染みの双璧も相当なものだと。

一方、そんな目で見られていることなどまったく気にせず、ジェドが言う。

「今日は一日、あいつ会議で戻らねぇんだ。というわけでお前だ、グレイン」

とうとう名指しで呼ばれた部下は、反射的に「はっ！」と立ち上がった。

日々の鍛錬のおかげで姿勢だけは素晴らしいが、花屋の娘を陰から見つめるばかりで声すらかけられないことを赤裸々にバラされて涙目なので、色々と残念である。

「で、ですが、自分は実際にあの花屋に入ったことは一度しかなく……」

「それでも花の種類とか、何がよく選ばれてるかとか、それくらいは分かるだろ？」

「それはまあ、自然とついでに目に入ってくるので」

花屋の娘を陰から見つめすぎて、彼女が扱う花にまで詳しくなってしまったらしい。

周囲の目が半眼になり、こいつ警邏兵に捕まる前に俺達で捕まえた方がいいのでは、という空気になったが、次の瞬間、場が凍りついた。

「そんじゃあ話すネタはたっぷり持ってるだろ。お前ついでにその娘、口説けよ。俺らは花束一個買えればそれでいいんだ。まあ、休憩時間中に連れてくわけだからな、詫びにその娘を口説くの手伝ってやるぞ」

どこの世界に上官連れで好きな女性を口説きたい男がいるというのか。

凍りついた空気の中、良い事思いついた、といわんばかりの満足げな顔をするジェドを、その場の全員が鬼をみるような目で見た。

先とはまったく違う、同情の眼差しがグレインに集まる。

「うっ！ あのっ、それはっ、じ、自分でっ、頑張りますのでっ！」

上官連れの告白をどうにか回避したい彼は、もう必死である。

「いや、自分じゃどうにもならないから名前も聞けないままなんだろ。こういうのはきっかけと勢いだ。それを作ってやるってんだから、むしろ感謝するところだぞ」

うぐっと、正論にたじろいだグレインに、それよりさっさと残りの飯を食え、と命令口調のジェド。

涙目の部下は、またもや訓練された反射的動作で「はっ！」と答えて座り、残っていた食事を飲み込むようにして平らげた。

「よし。じゃあ私服に着替えて裏口に集合な。駆け足、行け！」

「はっ！」

ああ、悲しき条件反射。

もう言われたまま動くしかないグレインを、その場の全員が憐れみの目で見送った。

そしてグレインが走っていき、ジェドがゼレクを連れて食堂を出ていくと、残された部下たちは速やかに一つのテーブルに集まった。

そして、花を買いに行くのに付き合わされることになったグレインが、せめて花屋の娘の名前を聞き出せるかどうか、賭けをすることにした。

結束の固い第一師団の兵たちは、願掛けも兼ねて全員が成功に賭ける。

「もしダメだったら、あいつ連れて飲みに行こう」

その言葉に、今にも葬式が始まりそうな沈痛な表情で皆が頷く。

集まった賭け金は失敗した時のためのヤケ酒代だ。

ちなみに成功した時には祝杯代として、やはり酒代になる。なのでそれが無事に祝いの酒になることを祈りつつ、独り身の部下たちは心の中で密かに誓った。

もし好きな人ができても、鬼の補佐官には絶対に知られないようにしよう、と。


それからしばらく後、目的地の花屋にて。

上官連れの告白を回避したいがどうにもできず、どうしよう、どうしよう、と無限に頭の中でぐるぐると考えていたグレインは、それどころではない現状に呆然とした。

「ほー。面白れぇの売ってんな」

「あっ！　お客様、それは取り扱い要注意の品で……！」

「おお、知ってる知ってる。森で生えてんの見たことあるからな。そいつはこんな小さくなかったが。たしか誰か丸のみにされかけてたような気がするな」

「人を、ま、丸のみに……!?　そんな巨大な噛みつき花が……!?」

正式名称とは別に、噛みつき花と呼ばれる薬の原料になる植物。その鉢植えを勝手にケースから取り出し、ガチン！　と鋭い歯で噛《か》みつこうとする花をからかうジェド。

「……」

軽い認識阻害の魔術で顔が分からないようにしながらも、ぼーっと立っているだけで場違い感がすごいゼレク。

いつも笑顔で接客している可愛い看板娘は、自由人過ぎるジェドに翻弄されて困り顔でオロオロしている。店主の父親がいる時もあるのだが、今は不在らしい。

気の毒過ぎる事態だった。

なにしろ王都にある店とはいえ、この店の客層は近くの住民や王城勤めの文官が多いのだ。そんなところに突然、体格のいい大柄な男が三人も来たあげく、一人は自由人、もう一人は棒立ち、さらにグレインも上官二人を相手にどうすればいいのか分からず呆然、というありさま。

当然、他の客は近づきもしないし、下手をすると周りから様子をうかがっている近くの住民に警邏兵を呼ばれるかもしれない状況だ。

グレインは、ここは自分がどうにかしなければ、と拳を握った。

「あっ、あのっ！　……ジェ、ド、さん！　とりあえずどの花で花束を作ってもらうのか、話さないといけないのではないでしょうかっ！」

一応変装中というか、大っぴらに第一師団の団長と補佐官がいることが知られるとまずいので、「補佐官」ではなく「ジェド」と呼ぶように言われている。

グレインは一瞬「補佐官殿」と呼びかけたのをギリギリで飲み込み、どうにか名前で呼んで、ジェドの意識を嚙みつき花から本来の目的へ戻した。

「ああ、そうだった。花束買いに来たんだったな」

「はい！　花束ですね！　どのような花でお作りいたしましょうか？」

ようやく本来の目的を思い出したジェドが嚙みつき花の鉢植えを棚に置いたので、すかさずそれを棚のさらに奥に押し込んだ看板娘がにこやかに聞く。

胆力のある娘だ。

グレインが思わず見惚《みと》れていると、花桶《はなおけ》の陰でゲシッと足を蹴られてよろめきかける。さすが鬼の補佐官、容赦がない。

さっさと話を進めろ、という上官からの催促だと判断したグレインは、今までまともに声をかけられなかった看板娘に注文を伝える。

「こちらの方に、贈り物として花束を一つ作ってください」

「かしこまりました！　では、どのような花を使いたいか、ご希望はございますか？」

幸い震え声にならずに済んだグレインの注文に、看板娘は笑顔でゼレクへ聞いたが、彼は棒立ちのままである。

すぐにジェドがフォローに回った。

「あー、すまん。こいつ花買うの初めてなんで、そういうの分からんと思う。おい、グレイン、こういう時はどうするんだ？」

「えっ？　えっと、今の時期のおすすめの花をいくつか見せてもらって、そこから選んでいく、とかですか？」

「そりゃいいな。こいつどうせ好きな花とか色とか知らんから、感覚で選ばせよう」

「ええっ⁉　贈る相手の好きな花も色も分からないんですかっ⁉」

グレインが驚くと、ジェドが何を当たり前のことを言っているんだこいつ、という顔で見てから、ゼレクに聞いた。

「おい、嬢ちゃんの好きな色、知ってるか？」

ゼレクはかすかに首を傾げ、そのまま無言を貫いた。

どうやら知らないらしい。というか、普通の人とは違い過ぎる彼の場合、そもそも好きな色というものを理解しているかどうかもあやしいくらいだ。

「アッ、ハイ」

一部下にすぎないとはいえ、ゼレクのことは他の者より見知っている。

グレインはそういえばそうだったと納得して頷き、店にある花からゼレクに選んでもらうことになった。

まずは花屋の娘が並べた数種類の花について、花言葉、同じ花でも違う色があること、花束にした時の印象などの説明を受ける。

相手の髪や瞳の色を取り入れることもあれば、贈り手の色を入れて「自分を意識してほしい」と願いこめることもある、との説明もあったが、それは採用されなかった。

ジェドが贈る相手の容姿や色を教えず、ゼレクも無言だったたからだ。

グレインは機密事項に関わることが多い第一師団の一員らしく、深くは事情を聞かないようにしながら、さりげなく他の選び方に誘導した。

他の部下たちと同じく、彼もウィンザーコート師団長の恋人について興味はあったが、隠された事情をつついて上官たちを敵に回すような愚を犯すことはしない。

「……ん」

結局、並べられた花の中からゼレクが指差したピンク色の小花を中心に、オレンジ色や黄色などの暖色系の花が選ばれた。

あたたかみのある、可愛らしい花束が手早く作られていく。

「なんだよ、不満顔だな」

花束が出来上がるのを待つ間、グレインにはいつもと変わらないように見えるゼレクに、ジェドが言った。

「何か不満があるなら今のうちに言っとけよ。お前、たまにいきなり爆発するけど、こっちは訳分からんからな」

確かに彼はたまに意味不明の行動をすることがあるが、あれは不満の表れだったのか。だとしたら物騒すぎるし、迷惑すぎる。

そもそも普通、そこまでいく前に何かしら文句を言うものでは？

まあ、普通とは言えない人物ではあるが。

グレインはそう思ったものの、口は挟まず黙って上官たちの話を聞く。

花束を作りながら、ちらちらとこちらを心配そうに見てくる看板娘にこくりと頷き、大丈夫だ、と伝えながら。

「……不満、とは、違う」

一方、ジェドに促されて、ゼレクが重い口をようやく開いた。

ジェドとグレインがかろうじて聞き取れるくらいの、最低限の音量の声だ。

「何か、もう少し、『特別』が欲しいと思った、だけだ」

自分でもよく分かっていないらしく、考えながらぽつぽつと言う。

「昔、森で見た花は、いろんな色の光を放っていた」

「うん。それ、超高価な薬の材料になる、滅多に見つからない希少種の植物だな」

こちらも声量を落としたジェドが、そんな希少品が花屋にあるわけないだろ、と遠回しに言うも、ゼレクは諦めない。

「折った瞬間に結晶化する花は」

「あー、魔道具に組み込むと効果が桁違いに高まるとかいう、噂のアレか。たまにギルドに採取依頼が出されてるな。たぶん当時のお前はとくに何も考えずに採りに行ったんだろうが、足を踏み入れたら最後、命の保証はない魔境とかにしか生えてないやつだからな」

「つぼみの中で妖精が寝ている、つつくと咲いてそいつが起きる花」

「希少種通り越して伝説級の幻がきたな。え。まさか見つけたことあんの？」

「起きたそいつに鱗粉《りんぷん》を大量にぶちまけられて、目潰しされた。効かなかったが」

「いやそれ祝福だからな。妖精の祝福。目潰しじゃなく。伝説級の幻の花だから、それで何が起こるのかは俺も知らんけど。たぶん何かしら幸運が巡ってくるはずだぞ。……ん？　お前その花、どうしたんだ？」

「目潰しの後、妖精は消えた。残った花は抜いて持ち帰ったが、売れなかった」

「それ対価が用意できないから持って帰れって言われたんじゃね？」

「大貴族に仕える薬師なら買い取れるかもしれないから、伝手《つて》があるならそちらへ行けと言われた」

「厄介事だと思われて追い払われたんだな。そんで、その後誰かに売ったのか？」

「忘れた」

こりゃ売らずに忘れて溜め込んだ物の山の中に眠ってるな、と察する。

そして、なるほど、とため息まじりにジェドは頷いた。

「分かった、もういい。つまり、お前はこれまであっちこっちでそういう特殊な花を見てきたから、普通に咲いてるだけの花じゃあ物足りんように感じるんだな？」

ゼレクは一度首を傾げてから、頷いた。

ジェドは視線でグレインに「なんとかしろ」と命じた。

例にあげられた花がことごとくおかしいというのに、そんな無茶な。

グレインは涙目になりつつ、とりあえずその無理難題について花屋の娘に相談してみると、彼女はそういうことなら、と案を出してくれた。

「ささやかな効果の魔道具であれば、うちでも取り扱っております。特別な日に、いつもとは違う花をお求めになる方におすすめしているのですが、いかがでしょうか」

すでに咲いている花を一度閉じさせて、渡す時に一気に咲くようにする魔道具。

相手が一番気に入った花を一輪、奇麗なドライフラワーにする魔道具。

そういったものがあるのだと、奥から取り出してきてカウンターに並べる彼女が、グレインには救世主のように見えた。

「どうだ、気に入ったのあったか？」

一通り説明を受けてからジェドが聞くと、ゼレクは首を横に振った。

「これは、使わない。自分でやれる」

「ふぅん？　何か思いついたか」

「お前には言わない」

「へぇ。ポンコツのくせに生意気言いやがる。ま、いいさ。後で嬢ちゃんに聞くし」

ゼレクはグレインにも分かるくらい、不機嫌そうな顔になった。

「……お前はしばらく部屋に入れない」

「ほほぅ。マジで知られたくないんだな。人間らしくなってきたなぁ、お前」

むっつりと黙り込んだゼレクに、近所の子供の成長を見守るような目を向けるジェド。あたたかい眼差しで、というより、多分にからかいを含んではいるが。

とにかく、花束は無事に出来上がった。

「ありがとな。色々教えてくれたおかげで、こいつも何か思いついたみたいだし、これは礼としてとっといてくれ」

一つの花束代としては多めの金額を支払って、ジェドが花屋の娘に言う。

「あと、こっちのやつはグレイン。また何かあったらこいつ来させるから、よろしく頼むわ」

「は、はいっ！　ありがとうございました！」

多すぎる代金を受け取ってしまってうろたえつつも、そう言われては突き返すこともできず、花屋の娘は勢いよく頭を下げた。

「そんじゃあグレイン、あと三つくらい花束作ってもらってから戻れ。任せたぞ」

急に名前を出されてポカンとしている部下へ、先に出したのとは別の財布を押し付けるように渡し、大事そうに花束を抱えたゼレクを連れてジェドが出ていく。

グレインは、渡された財布とともに想い人と二人きりで店に残された。

どうやら鬼の補佐官は、思ったよりまともなチャンスを部下に与えてくれたらしい。

急激に激しくなる鼓動を意識しながら、彼はついに腹をくって顔をあげた。

「あ、あのっ！」


その日の夜。

今日は祝杯だ、と浮かれ騒ぐ部下たちの声を聞き流し、ゼレクはマリスの部屋へ帰った。

「おかえりなさい、クロちゃん」

夕食の支度をしていたマリスが手を止めて、玄関扉の前に転移して帰ってきたゼレクを迎える。

マリスが所属する十七室の仕事内容が見直され、まともな時間に帰宅できるようになったおかげで、最近は彼女の方が早く家に着いていることが多かった。

「ん」

頷いて応じたゼレクは、執務室から大事に持って帰ってきた花束を差し出す。

マリスはすべての花がつぼみを閉ざした花束を不思議そうに受け取って、次の瞬間、驚きに目を見開いた。

受け取った手の中で、ピンクの小花や黄色、オレンジ色の花が次々と咲いていく。

そしてその花の中から、虹色に輝く蝶《ちょう》がひらひらと飛び立つ。

無数の蝶の群れが手の中からあふれるように部屋中に広がり、淡く光り輝きながらひらりひらりと飛び回る。

「わぁ……っ！」

マリスは思わず歓声をあげた。

魔術師とはいえ、マリスが習い覚えてきた魔術は実用的なものばかりだ。

幻術でこうした幻を作り出せることは知っていたが、マリスの仕事とは関係ない分野だったので、あまり詳しくもない。

ほんの数回、幻術を扱う魔術師が市場で芸として披露しているのを見たことはあるが、ここまで純粋で幻想的な美しい光景を見たことは無かった。

「すごい……！　こんな奇麗なの、初めて見た……！」

マリスがうっとりと虹色に輝く蝶の群れを眺めていると、やがて群れは彼女を中心に渦を巻くようにひらひらと飛び始め、ふわりとかすかな風が吹いた瞬間、無数の破片となっていっせいに消えた。

「あっ……」

蝶たちが消えてしまって名残惜しい気持ちと、消えた後の、七色に煌《きら》めく無数の破片が舞い散る美しさに感動する気持ちが、心の中で複雑に混じりあう。

マリスは声も無く消えてゆく七色の破片を眺め、最後の一かけらの煌めきが消えると、そのすべてをくれたゼレクを見上げた。

「ありがとう、クロちゃん。すごく、すっごく、奇麗だったよ！」

満面の笑顔で言うマリスにほっとして、ゼレクも表情をゆるめた。

そして、不器用な言葉で伝える。

「マリス、悪かった。……昨日」

花束を抱えたまま、マリスは言われたことにきょとんとした。

「昨日？　悪かったたって、クロちゃんがそんな謝るようなこと……」

言いかけて、はっと思い出す。

「もしかして、食事の前の時の、あれのこと？　もう、あんなのぜんぜん気にしなくていいのに！　クロちゃんも、あの時ちゃんと反省してくれたんだから」

ほがらかに言って手をのばし、優しくゼレクの頬に触れて続けた。

「それで気にして、こんな可愛いお花と、あんなに素敵な光景を見せてくれたの……。クロちゃんからの、初めての贈り物だね。すごく、嬉しい」

無邪気で柔らかなマリスの笑顔を、ずっと見ていたいのに、どうしてかソワソワして落ち着かず、目をそらしてしまう。

ゼレクはマリスの手を覆うように自分の手を重ね、ほっそりとした指にじゃれつくように頬をすり寄せて目を伏せた。

「……ん」

マリスが喜んでくれたことが嬉しい。

叱られるようなことをしても、当然のように許されていることが嬉しい。

けれどうまく言えなくて、ゼレクはただ縋るようにマリスの手を捕まえている。

「ねぇ、クロちゃん」

小さな手にじゃれつく大きな彼が妙に可愛くて、微笑みながらマリスが言う。

「こうやって、一つずつ重ねていこうね。きっとそれが、いつかちゃんと『家』になると思うの」

はっとして顔を上げたゼレクと視線を合わせ、微笑みを深くする。

「帰りたいと思えるところ。安心して、心と体を休められるところ。そういう『家』って、きっとこうやって作っていくものだと思うの」

ゼレクが手を下ろして、腕をのばした。

マリスは花束を潰さないように気を付けて、抱きしめてくる彼の腕の中に入った。

「いつかクロちゃんが『ただいま』って言える『家』を、これから一緒に作ろうね」

かすかに震える大きな体を抱き返し、ゆっくりと背中を撫でてやる。

ゼレクはマリスの頭の上で、こくりと一つ、頷いた。


その日、二人の夕食は、すこし遅くなった。


ゼレクが異形と化した、あの日。

マリスが無自覚に告げた、熱烈なプロポーズのような言葉でゼレクが人の姿に戻ったのを見た周囲は、二人を結婚前提の恋人として認識した。

しかし二人とも恋人がいた経験は皆無であるため、「恋人、とはなんぞや？」という、そこは未知の領域だ。

けれど、ゼレクもマリスも、あまりそれを気にしてはいない。

ケガをして行き倒れていた犬と、それを拾って飼い主になった人。

そんな不思議なきっかけから始まった二人は、マリスがゼレクを人として認識できるようになってからも、ごく自然に、当たり前に、お互い「ずっと一緒にいる」と思っている。

恋人とは何かを知らなくても、否、知らないからこそ、触れ合い、話し合い、視線を合わせて微笑みあう。

そんな日々の中で、彼らは二人だけの関係をゆっくりと育んでいく。

エピローグ

真昼の空に夜が降り、そこから白い星が流れて西離宮のそばの山を吹き飛ばしたという話は、一日とかからず国中を駆け巡った。

空が一時的に真っ暗になったのはこの国だけのことではなく、話に聞こえるかぎりほぼすべての地で起きたことだったらしく、後日それを知った宰相はゼレクの持つ黒狼としての神威が本物であったことに震撼《しんかん》した。

もしもあの時、マリスが王に殺されてしまっていたら、天にあった無数の白い光のすべてが大地を貫き、全世界が本当に焦土と化していたのかもしれない。

だがそれはともかく、その凶事の予兆とも思える現象に怯える民に、彼は為政者として安寧をもたらさなければならない。

吹き飛ばされた山は西離宮に近い王家の所有地であったため、民家などは無く人的被害が無かったのは幸いだった。それでも、王家の領地に流星が落ちたという話自体が、民心に不安をかきたてるものである。

そこで時をおかず、宰相は国王の崩御を国中に伝えた。

あの真昼の夜と流星の大破壊は、凶事の予兆ではなく、国王の崩御という悲報を告げるものであったのだ、と思わせることにしたのだ。

人々は隣国との戦に勝利をおさめたばかりの国王の、突然の崩御に驚き戸惑ったが、あの流星がすでに起きてしまった凶報を告げる使者であったことを受け入れた。

そして以前から体調を崩して床に伏していた王太子の第一王子も、その悲報に耐え切れず後を追うように逝去した、という続報が伝わると、民衆の認識は完全に固まる。

国中が国王の崩御とともに、あまりにも早く訪れた王子の死を悼み、喪に服した。

これが政治というものなのか、と複雑な思いを抱えながら、あの日のすべてを知るマリスは王城魔術師の一人として、新たな王に擁立された第二王子が宰相カイウス・セレストルに補佐されて国葬を執り行う式典に参列した。

そして、さすがに欠席を許されなかったゼレクが、救国の英雄、第一師団の団長として黒を基調とした正装の軍服で同じ式典に列席するところを、末席からどこか遠くの出来事のように眺めていた。

公の場ではじめて兜を脱いで身なりを整えた彼が現れた瞬間、すべての人々がその存在に目を奪われて、さざ波のようにざわめく。

朝、同じ寝台で目覚め、向かい合ってマリスが用意した食事を食べていることが、まるで夢幻のようだ。

それほどに、ただそこにいるだけであらゆる人から強烈な畏怖や羨望や憧憬を勝ち取る彼は、その他大勢の中に何の違和感もなくとけこんでいる彼女とは、違う世界の人のように見えた。


彼を犬だと認識していた時には考えなかったことを、ふと考える。

自分は彼にふさわしいのだろうか、と。

これからずっと共に生きていくのだと思っても、ゼレク・ウィンザーコートという人は、あまりにも偉大な英雄で。

幼子からお年寄りまで、国中の人が知る『救国の英雄』の隣に、王城魔術師であることの他にはごく普通の庶民でしかないマリスが立っていていいのだろうかと、どうしても不安に思う時がある。

「捨ててもいい、マリス」

第一師団長としての仕事を再開したゼレクは、忙しい日常の中でもマリスの変調を見逃さず、ある時、ぽつりと不安をこぼした彼女にそう言った。

「俺はお前がいないと死ぬが、お前は違う。それは、お前のせいじゃない。だから、本当に俺のことが重荷なら、お前は俺を捨てていい」

いまだに話すのが苦手なゼレクは、言葉を不器用につないで、マリスに言う。

そしてその不器用な言葉が、彼女の胸を鋭く突いた。

本当に？

本当に、私は彼がいなくても、生きていける？

「だめ」

考えるまでもなく、反射的に心が叫んだ言葉が唇からこぼれる。

「きっと私も死んじゃうから、だめ」

その言葉を聞いた時の、心の底から幸せそうに笑ったゼレクの顔が、マリスの体の一番深いところに刻み込まれたような気がした。

数ヵ月後、後継者のいない辺境伯の元にゼレクが養子となって入り、名をゼレク・サウザーミストと改めた。

王都より隣国との国境に近いといえば近かったが、とくに要衝という位置でもなく、特産品も無ければ目立つような事業もない。ただ、さびれた辺境都市があるだけのこの地に、なぜ救国の英雄と呼ばれた男が、と誰もが不思議に思った。

けれども、ひとまずこれによって軍学校に入った時からほぼ絶縁状態だったウィンザーコート伯爵家とは、完全にその縁を断つこととなる。

そして次期辺境伯となった彼は養父、現サウザーミスト伯オルズベルの協力を得て数週間で準備を整え、王都から花嫁を迎えた。宰相の手配で貴族の家へ養子に入り、礼儀作法などを学んだマリスだ。

結婚してゼレクの妻になると、彼女の名はマリス・サウザーミストとなった。

救国の英雄が次期辺境伯となってくれただけでなく、誰に対しても見下すことなくまっすぐに話をしてくれる優秀な魔術師が花嫁としてやってきてくれたことに、領民達は大喜びで歓迎した。

そして長年、後継者探しに頭を痛めていたサウザーミスト伯を筆頭に、領民達は二人の結婚式が華やかで楽しいものとなるようそれぞれが協力して、永遠の誓いを交わす二人を心から祝った。

ゼレクはその騒ぎの中で幸せそうに笑う妻を眺め、結婚式が無事に終わると、彼を慕って第一師団から居を移した部下を率いて着々と辺境の防衛体制を整えてゆく。そうしてマリスにどんな危険も及ばないよう、都市と街道の安全を確保した。

ゼレクの師団長退任から時をおいて第一師団を後進に委ねたジェドやフォルカーも、辺境に移り住んでそれに協力し、しばらくすると昔馴染みに遅れて彼らもまたそれぞれに伴侶を見つけ、身を固めた。

そうして救国の英雄が辺境都市を中心としたサウザーミスト伯爵家の領地を守護するようになると、情報に敏感で安全を優先する商人たちがこの都市を交易地として使うようになった。

そこへさらに次期辺境伯夫人であるマリスが魔術師としての研究を続けていることが商人たちを通じて知れ渡ると、魔術に関する雑多な学術書が集まってきて、いつの間にか古書市とそれ目当ての学者街まで出来上がってしまった。

石造りの古びた領主館をはじめとして、さびれた辺境都市はもともと石造りの建物が多く、その灰色がよけいに哀愁漂う田舎感を醸し出していたのだが。

その間を縫うようにして商人たちが急ごしらえの天幕で商売を始め、長期滞在する学者たちのための木造家屋が造られ、あるいは彼らが話し合いをするための天幕も無数に並び立つようになり。

辺境都市は、だんだんと複雑なモザイクタイルのように独特な模様で彩られていった。

そんな中、マリスは次期辺境伯の妻となっても気軽に街へ出かけて商人や学者たちに話しかけては人の輪を広げてゆくので、古書市や学者街は今もなお拡大の一途をたどっている。

その行動を許すゼレクに手厚く守られて自由に学び、魔術師としての研究もできるようになったマリスは純粋にそれを喜んでいて、自分のその振る舞いがさらに人々を呼び込んでいることにはまるで気付いていなかったが。

「まさか、こんなに賑やかなところになるなんてねぇ」

分野の違う雑多な学術を学ぶ学者たちが、学者街の中で一番大きな天幕に息子を連れて現れたマリスを取り囲み、しかしあっという間にその関心を無邪気に笑う幼子に向ける。

父親譲りの黒髪と母親譲りの緑の目をした息子、クレスタ・サウザーミストは、誰に抱かれても笑っている豪胆で人懐っこい性格で、マリスの手を離れると次々と顔見知りの学者たちの腕に抱かれて大はしゃぎしながら、天幕の中を隣から隣へ手渡しされて移動してゆく。

そんなクレスタの行く先々で、普段は気難しげな顔をした学者たちが珍しく笑みくずれて楽しげな声をあげるのを見守りながら、マリスは微笑んだ。

犬を拾った、はずだった。

それがどうしてか、次期辺境伯夫人になり、今では一児の母である。

そして可愛い飼い犬から愛《いと》しい夫となった彼と暮らすさびれた辺境都市は、なぜか今やそこそこ有名な学術都市となって栄えていた。

世界は不思議に満ちている。


「マリス」

ふいに、領地の見回りから戻った夫が騒ぎを聞きつけて天幕をのぞき、妻の名を呼んだ。

マリスは彼の方を振り向くと、鮮やかな緑の目にゼレクの姿を映し、にっこり笑って両手をひろげる。

「おかえりなさい、クロちゃん」

人であふれた天幕の中、誰を押しのけることもなく、すり抜けるような身ごなしで難なくマリスの元に辿り着いたゼレクは、たおやかにひろげられた妻の腕の中にぴたりとおさまった。

片腕を彼女の腰に回して抱き寄せながら、彼と比べるとずっと小さく柔らかな手をとり、その手のひらに頬をすり寄せる。

どこか獣の挨拶に似た仕草に、そして彼女の手のひらの中で彼がかすかな吐息をこぼし、金まじりの琥珀の目をやわらかくとろけさせたことに、マリスの愛しげな笑みが深くなる。

「ただいま、マリス」

かつては「ん」と頷くだけでも精一杯だったゼレクが、この言葉をごく自然に口にできるようになったのはまだ最近のことだ。

けれどそれはゆっくりと生活の一部になりつつあり、マリスにだけ聞こえるくらいのささやきで、戯れるように返されるようになったりもしている。

そんな日々の中、今日も手のひらのなかに落とされたその戯れに、くすりと小さく笑ったマリスが応じた。

抱き寄せられたゼレクの腕の中によりいっそう身を寄せて、甘えるようにふわりともたれかかってきた彼女に、満足げな笑みが返される。

そうして二人がぴたりと寄り添うと、彼らの胸元に揺れる銀色のタグが一対のものだと誰もが気付いた。

しかし、それがどんな由来でそこにあるのかを知るのは世界に四人だけ。

愛情深い妻に支えられた『救国の英雄』ゼレク・サウザーミストは、類稀な彼自身の武勇と有能な部下たちの働きにより、後に辺境にその人ありと謳われる有力な領主となる。

そしてそんな彼が「クロちゃん」と、自分を変わった愛称で呼ぶことを許したのは生涯ただ一人の妻だけだったと、領民たちは親愛を込めておかしげに語り継いだ。

あとがき

はじめまして、縞白《しましろ》と申します。

この度は『犬を拾った、はずだった。』を手に取ってくださって、ありがとうございます。このお話はネットに投稿していたものを、加筆修正させていただいたものです。まさか本にしていただける機会があるとは思ってもみなくて、声をかけていただいた時は驚きで目が丸くなりましたが、とても嬉しいです。

ネットで読んでくださった方々、あたたかい感想で応援してくださった方々のおかげです。この場をお借りして、心から感謝申し上げます。

皆様、ありがとうございます。

そしてネットで投稿していたお話を拾っていただき、加筆修正の際に私がおかしな方へ行かないよう導いてくださった編集の方々、この本の出版に関わってくださった皆様にも、心からお礼を申し上げます。とくに編集の方々にはたくさん助けていただいて、おかげさまで、一人で書いて投稿していたネット上の作品よりも、読みやすく楽しいお話になったと思います。今、手に取ってくださっているあなたにも、楽しんでいただけるお話になっているといいな、と願っています。

さて、それではここで、Kasahara様に描いていただいた素敵なカバーイラストを見て手をのばしてくださったはじめましての方へ、このお話について少し紹介させていただきます。

主人公のマリスが「犬を拾った」ところから始まるこの物語は、不思議な男女の出会いと、そこからゆっくりと育まれていく二人の絆《きずな》、そして巻き込まれる事件についてのお話です。

どうしてマリスは彼を犬だと思ったのか。不思議な出会いから絆を育んでいく二人を、ちょっとドキドキしながら見守っていただければ幸いです。

二〇二三年夏　縞白

＜初出＞

本書は、「小説家になろう」に掲載された『犬を拾った。……はずだった』を加筆・修正したものです。
※「小説家になろう」は株式会社ヒナプロジェクトの登録商標です。

◇◇メディアワークス文庫

犬《いぬ》を拾《ひろ》った、はずだった。

わけありな二人《ふたり》の初恋事情《はつこいじじょう》

縞白《しましろ》

2023年10月25日　初版発行

発行者　山下直久
発行　株式会社KADOKAWA
〒102-8177　東京都千代田区富士見2-13-3
0570-002-301（ナビダイヤル）
装丁者　渡辺宏一（有限会社ニイナナニイゴオ）
印刷　株式会社暁印刷
製本　株式会社暁印刷

Printed in Japan
ISBN978-4-04-915047-6 C0193

メディアワークス文庫　https://mwbunko.com/

本書に対するご意見、ご感想をお寄せください。

あて先
〒102-8177　東京都千代田区富士見2-13-3
メディアワークス文庫編集部
「縞白先生」係

◇◇◇

ワケあり男装令嬢、ライバルから求婚される〈上〉
「あなたとの結婚なんてお断りです！」

江本マシメサ

既刊2冊
発売中！

“こんなはずではなかった！”
偽りから始まる、溺愛ラブストーリー！

利害の一致から、弟の代わりにアダマント魔法学校に入学することになった伯爵家の令嬢・リオニー。

しかし、入学したその日からなぜか公爵家の嫡男・アドルフに目をつけられてしまう。何かとライバル視してくる彼に嫌気が差していたある日、父親から結婚相手が決まったと告げられた。その相手とは、まさかのアドルフで——!?

「さ、最悪だわ……！」

婚約を破棄させようと、我が儘な態度をとるリオニーだったが、アドルフは全てを優しく受け入れてくれて……？

メディアワークス文庫

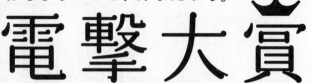